ハヤカワ文庫SF
〈SF2457〉

宇宙英雄ローダン・シリーズ〈722〉

《バルバロッサ》離脱！

アルント・エルマー＆クルト・マール
長谷川 圭訳

早川書房
9097

PERRY RHODAN
DIE FLUCHT DER BARBAROSSA
LEGENDE UND WAHRHEIT
by
Arndt Ellmer
Kurt Mahr

Translated by
Kei Hasegawa
First published 2024 in Japan by
HAYAKAWA PUBLISHING, INC.
This book is published in Japan by
arrangement with
HEINRICH BAUER VERLAG KG, HAMBURG, GERMANY
through JAPAN UNI AGENCY, INC., TOKYO.

目次

≪バルバロッサ≫離脱！

《バルバロッサ》離脱!

アルント・エルマー

登場人物

ヘイダ・ミンストラル……《バルバロッサ》船長
フェル・ムーン…………同副長。カルタン人
イムプランツ……………同乗員。探知・通信担当。グリオル
キル・シャン……………同乗員。火器管制チーフ。カルタン人
レム・タ・ドゥルカ……同乗員。プランタ人
アンタム…………………同乗員。グリオル
デデベデル………………惑星ジアルーンの歓迎委員長
メウラプブ………………惑星ガイランの案内役。アイスクロウ
ディラコン………………タイブロン星系の指導者。ヴァアスレ人
マポマ・ソグ……………惑星ペーネロックのクテネクサー人代表者

1

周辺部が白いシルバーグレイのテーブルの上を一陣の風が舞い、プランタ人のレム・タ・ドゥルカの顔に吹きつけた。レム・タ・ドゥルカは角張った顔をさげると同時に、ひときわ長い腕をテーブルの中央にある黒い物体に向けて伸ばした。しかし、宇宙船内で風が吹くはずがない。それは向かいにすわるアンタムの吐く息だった。アンタムは、自分の息がプランタ人に直接あたらないように、顎を引いて顔をわずかに横に向けた。

両者ともザイムに目を向け、その物体の発する光の屈折が織りなす、やむことのない色の変化を観察していた。

「触ってもいいか?」プランタ人がうなるようにいった。「ちょっと触れるだけで、絶対に壊さないから!」

そのインターコスモは頭部にある肉塊の隙間から絞りだされていた。アンタムにとっては、その言葉を理解するのもひと苦労だ。そのため、答えるまでに一拍の時間がかかった。

「ああ」テーブルの背後ですこしからだを伸ばしながら、グリオルのアンタムが答えた。「そうするほかなさそうだからな。まずは触れてみなければ!」

プランタ人の両腕がその物体にゆっくりと近づいた。レム・タ・ドゥルカにはもうその物体しか目に入らない。アンタムがそこにいることすら忘れていた。第二モジュールの居住層にあるラウンジにいることも、仲間たちとすでに八回めの話し合いを行なったことも、意識からなくなっていた。ちいさな目で物体の反射を探す。五本の指がありながらほぼまん丸な両手を近づけたことで、ザイムに膨大な熱がこもった。ザイムは輝き、回転しはじめるが、音はない。プランタ人が見つめるなか、テーブルからわずかに浮きあがった。つまり、船内にかかる一Gの重力を無効にしたのだ。

そしてついにプランタ人の指先がその物体に触れた。角質層がくすぐったい。レム・タ・ドゥルカは皮がむけるのではないかと不安になった。あわてて手を引き、筋肉にはしる痛みを意にかいさずに、腕をテーブルの上で二重に折りたたんだ。まるで幻想を追いはらうかのように頭を振るが、なんの役にもたたない。しばらく考えこんだあと、ザイムはまったくもって不可解ななにかであり、なんらかの刺激がくわわると想像もできない現象を引き起こす能力があるという考えを受け入れるしかないと悟った。

そうはいっても、ザイムは単純な物体でしかない。金属性の岩でできたただの結晶だ。アンタムがハンガイ銀河にある故郷からもってきた。グリオルのアンタムは、プランタ人であるレム・タ・ドゥルカと同じで、患者として惑星サトラングへやってきた。回復したのち、二名は天の川銀河の支配者に抵抗する戦いにおいて、惑星フェニックスで自由商人にくわわった。両者とも、ほかにヴィジョンはなかった。その期間、アンタムはその物体を手ばなさずに保持しつづけた。

モイシュ・ブラックホールを通り抜けてからというもの、ザイムは静止することがなくなった。アンタムはザイムがなんらかのメッセージを発していると信じて疑わなかった。なにかが〝ザイム〟であるというメッセージだ。だからアンタムはその物体をザイムと名づけたのである。

アンタムがおちつきなくからだを動かすので、シントロンがかれのからだに合わせて設計した特殊シートのアーチ形の背もたれに、甲羅のような背中がこすりつけられた。はじめ、アンタムはそのシートを拒否したが、検査機による測定値を二回確認してようやく受け入れる気になり、シートの形成により生じるエネルギーのわずかな放射がザイムになんら影響しないことにも納得した。

「この色が気になる」プランタ人がその物体に触れたことは無視して、アンタムは説明した。「はじめのうち、ザイムは暗いパリトのような鈍い色をしていた。それがいまでは、まるでブラックホールによってスイッチが入ったかのように明るく輝いている。アイスクロウとは、おかしな種族だ！」

「これがアイスクロウとなんの関係があるんだ？」

レム・タ・ドゥルカは自分の声に驚いた。室内のすべての物品が震えるほど大声だったからだ。

「連中は色が大好きなんだよ。派手な色を好み、遊び心をもっている。われわれが惑星カアリクスの上空で軌道に乗ろうとしたとき、中央司令室はかくそうとしていたが、ヴァアスレ人の建築物を見ただろ？　すばらしいものだった。あらゆる色であふれる世界にやってきたような印象だった。そして、そうした色に完璧にマッチするのが、このザイムなのだ！」

遠征隊の三隻の船は安定軌道上を飛行していた。目標は達成できなかった。シラグサ・ブラックホールを通ったことも、《ハルタ》のパルスシーケンスをもちいたことも、望む結果にはつながらなかった。事実はその逆で、《ペルセウス》、《カシオペア》、そして《バルバロッサ》の船内では、この宙域にはめざす銀河系につながるヒントは存在しないと噂されていた。

故郷が恋しいわけではない！　ハンガイ銀河出身の自由商人は天の川銀河の世界に想いを馳せたりしない。それどころか、ハンガイのことさえほとんどおぼえていないほどだ。船載シントロンから情報を得ることはあるが、それらは歴史的かつ客観的な知識にすぎない。個人的な関心は、フェニックスの組織がかかげる目標にしたがうことだけ。そしてその組織が、壁を破り、天の川銀河を圧制者の軛《くびき》から解放することをめざしているのである。

「はめをはずしすぎるな」レム・タ・ドゥルカが注意した。「おまえのヴィジョンは不規則になりつつある。このザイムとアイスクロウを結びつけようとしているんだろ？」

グリオルは長い首と太くて短い手足を伸ばした。顔を上に向ける。考えこんでいるのだ。

「きみのいうとおりかもしれない」という。「夢想していてもしかたがないな。だが、ザイムを利用することで、この文化の秘密を解き明かすことができる気がする。ためしてみないか？」

プランタ人は答えなかった。そのかわりに、またも恐ろしいほど長い腕を伸ばし、ザイムをつつみこむかのように、両手を半円形にした。アンタムはシートに腰かけたまま姿勢を正し、たいらな胸をテーブルの縁にあて、頭をザイムのほうに伸ばす。アンタムが目を閉じていることに、レム・タ・ドゥルカは気づいた。

「耳を澄まして！」グリオルがいった。「ザイムのなかにひそむ力の密集に耳をかたむければ、エネルギーに満ちたオーラが感情を伝えてくる。言葉として理解はできないが、それをしっかりと、そして完全に聞くことがわたしたちのつとめだ！」

レム・タ・ドゥルカは手を閉じ、頭の両側にあるカタツムリの殻のように渦を巻く角《つの》の敏感な神経に意識を集中した。この角は五感を超える感覚を得るために存在する。とはいえ、その能力はすでに何世代も前からかなり衰退していることも事実だ。

角はなにも察知しなかったが、てのひらに変化が生じた。今回は、感覚的にはただ温かいだけだったのだが、しばらくすると角質層が焼けはじめた。今回は、手を引きよせたいという誘惑に抵抗した。神経を熱から守り、最後には熱さを忘れた。意識に流れこんでなにかを伝えようとするその声だけに集中する。

レム・タ・ドゥルカの感覚がいっきにひろがった。近くにだれかがいることを忘れ、それどころか重力さえ知覚しなくなった。まわりを宇宙の漆黒がつつみ、意識のなかに輝くザイムの姿が浮かびあがった。虹色にきらめき、超音波に近い高音で理解不能なメッセージを発している。

いまのはインターコスモじゃなかったか？

そしてようやく、レム・タ・ドゥルカは自分が錯覚におちいっていたことに気づいた。集中が解けるに連れ、ゆっくりと状況が把握できた。ザイムが警告を発したと勘違いしたことを、レム・タ・ドゥルカは腹立たしく思った。実際には、インターコスモで警告が発せられていた。しかも、グリオルの声でだ。

「しっかりしろ！」アンタムが叫んでいた。「警報だ！」

驚いたレム・タ・ドゥルカは、いまになってようやく、自分が聞いていたのはザイムのメッセージではなく、アンタムの声だったことに気づいた。テーブルの上にある音響フィールドから、《バルバロッサ》の代表団が船にもどり、緊急発進を命じたことが告げられていた。

「そんなくだらないことのために、わたしたちがやろうとしていた内宇宙の調査が中断されただなんて」アンタムは不満を漏らしながら、勢いよく椅子を飛びおりた。「ザイムの力を借りれば、いつかかならずなにかへの道が開かれるというのに」

「なにへの道だ？」

「それはわからない。天の川銀河かもしれない。あるいはスターロードの転路係アイスクロウか。この銀河のマップにある大きな空白に関する秘密かもしれない」

「狂気への道かもよ」プランタ人がきつい言葉で応じた。「われわれは、不幸な過去の悪影響からまだ抜け出せていないんじゃないか？」

狂気のバリアに向かう飛行により、病と死がひろがり、バリアと接触して生きのこった宇宙船の乗員はごくわずかだった。生存者は惑星サトラングでロボットによる治療を受け、健康をとりもどした。しかし、そのさい、ショックの痕跡のすべてがとりのぞかれたのかどうかは、だれにもわからない。

そのため、アンタムがレム・タ・ドゥルカに返した答えもけっして意外なものではなかった。だが、その言葉にもレム・タ・ドゥルカの懸念を払拭《ふっしょく》する力はなかった。

「頭がおかしくなったのか！」それがアンタムの答えだった。

＊

船にいると自信とやる気が出てきた。この船とは一心同体だ。そもそも、その外観からして自慢だった。《バルバロッサ》は大ざっぱにいえば蹄鉄《ていてつ》と同じかたちをしており、蹄鉄のひろい部分に八角形のエンジンブロックが設置されていて、せまい側の前方に主要区画が鎮座している。蹄鉄リングのあいだのスペースはさまざまなモジュールと、エンジン区画と操縦区画をつなぐ主軸で埋められていた。《バルバロッサ》には合計すると四つの居住モジュール、四つの研究モジュール、四つの搭載艇モジュールがあり、それらは自由にとりはずしが可能だ。しかし、今回のスターロード作戦では、ふたつの居住モジュール、ならびに研究モジュールと搭載艇モジュールをそれぞれひとつずつのみ搭載していた。それらはどれも、いざというときには分離し、自力で避難できるようになっている。

しかし、いまのところ分離する理由はなく、カルタン人のフェル・ムーンもその必要を感じていなかった。いつものように、《バルバロッサ》の副長はグレイの汎用コンビネーションと厚底のブーツを身につけていた。まるで波に逆らう大岩のように司令室に直立し、船が軌道をはなれ宇宙空間へ進んでいくようすを見つめている。エンジンがエネルギーを放出すると、カルタン人は探知機と通信装置を監視しているグリオルのイムプランツに鋭い目を向けた。ラス・ツバイが帰船後に連絡してきたが、そのときはフェル・ムーンがみずから対応し、ティフラーじきじきに重要な任務をあたえられたのだといってかれを安心させることにつとめた。そして、船が最高速度で惑星カアリクスをはなれようとしているいま、またもあのアフロテラナーが《ペルセウス》からしつこく通信をしてきた。しかし、イムプランツはカルタン人副長の指示にしたがい、受信を拒みつづけた。ようやくツバイもあきらめたようだ。これで最初のハードルはこえたことになる。フェル・ムーンは勝ち誇った視線を船長のヘイダ・ミンストラルに送った。ヘイダはそれに気づかずに、スクリーンをじっと見つめている。《バルバロッサ》がマウルーダ星系の五つの惑星の軌道をあとにしてようやく立ちあがり、フェル・ムーンに歩みよった。

「で、次は？」ヘイダはたずねた。「ティフラーはほかにも秘密の命令をあなたにあたえたのかしら？」

カルタン人は顔の毛を逆立たせてから、髭《ひげ》の毛をわざとらしくなでつけた。

「《バルバロッサ》は単独で偵察を行なうべきであります。ヴァアスレ人との交渉は決裂しました。今後なんらの成果ももたらさないでしょう。わたしが船長にお伝えしなければならないのは、それだけです！」

船長はうなずいた。副長の言葉を疑う理由はとくにない。フェル・ムーンは二名のテフローダーとともに、ヴァアスレ人のスペースフェリーでもどってきた。恋を患うマモシトゥのトシュ＝ポインはカアリクスに置いてきていた。

四恒星帝国クイイン出身のフェル・ムーンは、自室で休んでいた船長にすぐに帰船を報告した。ヘイダ・ミンストラルが司令室にあらわれたときには、フェル・ムーンはすでに単独行動の手はずをととのえていた。

ヴァアスレ人のすぐれた技術力はなりをひそめた。周囲にはスティレット船の一隻も見あたらない。《バルバロッサ》の進行を阻止する気はないようだ。阻止するにはもう遅すぎたともいえる。《バルバロッサ》はすでに光速の五十パーセントを超えていて、大規模な迎撃が不可能な領域に入っていた。

とはいえ、ヴァアスレ人には迎撃を実行するだけの技術力があるとも考えられた。ネイスクール銀河の高度な技術の前では、自由商人は自分たちのことを恥ずかしく思わずにはいられなかった。その一方で、自由商人は天の川銀河をかこむ障壁によって六百五十年ほどの期間を技術的な進歩から隔絶されていたのもたしかだ。その期間の進歩といえば、ジェフリー・アベル・ワリンジャーのような天才たちがもたらした例外的なものだけだった。この星系の住民が、それどころかオレンジと赤のコンビネーションをまとうアイスクロウでさえあらわれなかったことに驚いたのは船長だけではなかった。ヘイダ・ミンストラルは自分のシートにもどり、フェル・ムーンを眺めた。フェル・ムーンは満足げに歯を見せ、まるで最後の決戦に勝ったかのように胸を張っている。そのしぐさこそが、ヘイダ・ミンストラルが不信感をおぼえる理由だ。しばらくすると、フェル・ムーンが司令室を出て、居住モジュールへもどっていった。そこでヘイダも持ち場をはなれ、研究モジュールへと向かった。たしかめたいことがあったからだ。

バイオエネルギー再生施設で二名の同族に会い、かれらの仕事ぶりをしばらく観察した。かれらは人工藻類の繁殖にたずさわっていて、栄養液を入れたプラスティックプレートに藻を植え、そこに調味素材を注入していた。大切なのは、藻がでたらめに繁殖することがないよう、黒いペンでマーキングしたラインに沿って生長させることだった。このラインは明らかに文字であり、二名のテフローダーは何度もくり返し、ラインを描く必要があった。そうしないとラインがすぐに消えてしまうのだ。

ヘイダ・ミンストラルは一歩さがり、しばらくのあいだ両者を仕事から引きはなすことにした。隣りのキャビンへいき、インターカムのスイッチを入れて、すぐに近くの検査室へ向かうように命じた。それを聞いた両者は命令どおりに再生施設を出た。かれらが視界から消えたのち、ヘイダは急いでキャビンを出て、さっきの再生施設に入って藻のテキストを読んだ。藻はまたたく間に生長し、文字はどんどん消えていった。だが、短い時間ではあったが読んで記憶することに成功した。

そうだったのか！　失望のあまり、ヘイダはそこにいるべきではないことを忘れてしまいそうになった。あわてて出口に向かったが、そこで気が変わった。待つこと十分、二名の男がもどってきた。

「ここにいましたか！」両者は叫んだ。「どうしてわれわれをべつの検査室に……」

ヘイダの視線になにかを感じとった両者は、彼女にわざとべつの検査室へ誘導されたことに気づいた。あわてて実験台に向かい、ことをごまかそうとする。

「およしなさい」船長がいった。「すでにその文を読みました。あなたがたはなぜ率直にわたしに伝えなかったのですか？」

両者は気まずそうにしている。なにもいおうとしないふたりに、ヘイダがしびれを切らした。

「おろか者！」と、どなりつけた。「わかっています。あなたがたはわたしにその情報を伝えたかった。でも、裏切り者になりたくもなかった。なんて弱腰な！　わたしが船長であることを忘れたのですか？」

「申しわけありません、船長」両者のうち、片方が口を開いた。名札にはラノ・グワークとある。「この藻をプレゼントとして、船長のキャビンにとどけるつもりだったのです。あなたにヒントをあたえる秘密のメッセージとして。船長はわたしたちのことを……」

「なんとも思っていません」ヘイダがさえぎった。「このことは内密にしておきましょう。いいですね？　だれにもなにもいわないこと。わたしも必要なときに、それなりの対処をします！」

「わかりました。船長」

ヘイダは両者にうなずきかけてから背を向けた。震える脚で再生施設を出ていく。計画を立て、それをどこで実行するかも決めた。遅くとも半時間後には、だれがこの船の司令官なのか、明らかにしてやる。

たしかに、この船のだれもが自由商人だ。ヘイダは考えた。だれもがかつては患者だった。そして、なにかを変えるためにレジスタンスにくわわった。しかし、かれはそれ以上のことをする。〝ドレーク〟に所属していなかったくせにドレークのメンバーのようにふるまう。意識を失うまで、壁に頭をぶつけて突破口を開こうとする。わたしがかれの指揮官だ。事態が悪化しないように用心する責任がある。だが、かれも完全にまちがっているわけではない。ようは見方の問題だ。目標をどの角度から眺めるかによる。

ジュリアン・ティフラーにはこれまで、この銀河を客観的に眺める機会がなかった。ティフラーにはここに本当にカンタロがいないのか、それともその主張がとんでもない嘘なのかを確実に見分けることができない。かれにはわれわれが必要だ。われわれが真実を見つけなければならない。

ヘイダが司令室に向かうと、船が最低速度までスピードを落としたという報告がもたらされた。それでもまだ、この船の逃亡を妨げようとする者はあらわれない。

「メタグラヴ航行開始」司令室のクルーに命じた。「メタグラヴ・ヴォーテックスを構築。三光年分のハイパー空間跳躍を行ないます。三光年だけです！　方向はどうでもよろしい！」

そこでなにが待ち受けているのか、だれも知らなかった。念のため、ヘイダは戦闘準備もととのえさせた。

《バルバロッサ》にマキシメックスことマキシム＝探知システムが搭載されていないのが悔やまれた。

それだけが、この自由商人の船の弱点だった。

＊

「まもなく、天の川銀河に突入するための準備がすべてととのう！」《バルバロッサ》に搭乗する三名のカルタン人の一名であるキル・シャンがいった。「では、それがわれわれとどう関係しているのか説明できるかな？」

「天の川銀河に入り、よそ者の征服者を追い出すのが、この組織の目標だからです」もうひとりが答えた。

キル・シャンは両手を合わせた。

「自発的に明けわたしてはくれないのでは？」

「武力をもちいることになるでしょう。なぜなら、われわれにとって天の川銀河の運命は一大事だからです。この答えが聞きたかったのでしょうか？」

キル・シャンはうなずき、入口のほうを向いた。ハッチが開き、フェル・ムーンがあらわれた。副長はいつものように、額の上の毛を黒く染めていた。くわえて金色のラメもちりばめている。ハッピーな気分をしめしているのだ。副長は教練にいそしむ二十名のクルーを見まわした。みんな、黒の菱形模様をあしらったむらさき色のユニフォームを着ているので、アルレッキーノのように見える。

「それだけではない」フェル・ムーンはいった。それまでしばらく外に立って、室内での会話に耳をかたむけていたのである。「われわれはここで、この星の島で戦わなければならない。そうしなければ、永遠にネイスクールを去ることができないだろう。ヴァアスレ人どもはトラクタービームを使って、連中の都合のいい場所にわれわれを拘束しようとするはずだ。だれかの協力がなければ、われわれにはどこへもいくことができないということだ。そのさい、われわれ自身が状況を正しく理解することが絶対に必要だ。

ここは安全ではないし、わからないことが多すぎる。ブラック・スターロードのマップにある白い部分に関する議論を思いだしてみたまえ。ペルセウスは？　シラグサは？　パウラは？　それらはブラックホールをつなぐ道の起点と終点ではないのか？　たしかな手がかりを探すかわりに、ティフラーはおろか者や昆虫どもの温情にたよりっきりだ。信じてくれ、軌道から脱出するほかに方法がなかったのだ。そして、われわれは成功した！」

そしてフェル・ムーンはあいていた席に腰をおろし、同族の仲間に教練をつづけるよう合図した。キル・シャンは両手の指先を合わせ、話をどうつづけようか一瞬考えた。

「大切なのは、カンタロ相手に戦争をすることだけではない」といってから、こうつづけた。「レジスタンス活動を組織し、最後にはドロイドによって倒されたテラナー、そうワリンジャーの遺志をはたさなければならない。ワリンジャーから細胞活性装置を奪ったのはカンタロであることに疑いの余地はない。亡霊船がその証拠だ」

その言葉をもって、キル・シャンはクルーの琴線《きんせん》に触れた。これまで《ペルセウス》と《カシオペア》のマキシム＝探知システムがずっと探してきたのに、ネイスクールでは一隻たりとも亡霊船に遭遇していないのだ。だが、そのことにはなんの意味もないのだろう。ギャラクティカーを油断させ、のちに徹底的に痛めつけるために、雲がくれしているのかもしれない。

そういったことをキル・シャンがつけくわえると、フェル・ムーンが同意した。

「ブラック・スターロードのあるところ、かならずカンタロが存在する」と、主張する。

「カンタロが存在するかぎり、われわれは追われる身だ。だからこそ、われわれは地下に潜伏して活動する必要がある。星から星へとひそかにわたり歩き、全体像を把握しなければならない。そうしてはじめて、ヴァアスレ人どもにわれわれの真の強さをしめすことができるのだ！」

「すばらしい演説です、フェル・ムーン！」

カルタン人はすくみあがった。茫然とした表情で室内を見まわす。それまで気づかなかったのだが、ふたりの背の高いテフローダーの背後にかくれるかたちで、ヘイダ・ミンストラルがすわっていた。船長は立ちあがり、フェル・ムーンを指さした。

「あなたは自分のことをすこしおしゃべりがすぎると思わないのですか？」と、たずねる。「どうしてここのみんなに嘘をついたことを明かさないの？　ティフラーはあなたになんの指示もあたえなかった。《バルバロッサ》の離脱を命じてはいない。あなたは自分の意志で行動した。ティフラーはあなたの計画を知らなかったし、いまもあなたがなにを考えているのか、想像することしかできないのでしょう。ティフラーはまちがいなく窮地におちいりました。われわれの身勝手な行動を、ヴァアスレ人がよろこぶはずがないのですから。とはいえ、いまさらすべてをなかったことにするわけにもいきません。ティフラーは自分のことは自分でできる人物です。われわれは、かれの役にたつように行動するとしましょう！」

フェル・ムーンは自分が嘘つき呼ばわりされたことは無視した。なにをいおうが、ヘイダは自分と同じ自由商人のメンバーにすぎず、自分の行動に逆らうことはできないと思ったからだ。自由商人はだれもが同じ目標を追っていて、フェル・ムーンにはフェル・ムーンなりの考え方がある。

「あなたはなにをもとめているの？」船長が問いただした。「大惨事になる前に、すべて白状しなさい！」

フェル・ムーンは勢いよく歩きはじめた。その弾《はず》みで、古い倉庫から引っ張り出して置いていた二脚の椅子が倒れる。

「あなたにわたしを侮辱する権利はありません」と叫んだ。「わたしがほしいのは自由です。この戦いに必要な戦略なら、もうすでに充分すぎるほど学びました。ヴァアスレ人にたいしては圧力と強さが必要です。ここの星の島でヴァアスレ人やほかの種族に対抗して、目標を成し遂げるには、強さをしめすしかないのです。それともわれわれは、指図がなければ行動できないほど、劣化してしまったのでしょうか？　強制しないかぎり、アイスクロウやヴァアスレ人が真実を明かすことはありません」

ヘイダ・ミンストラルは愉快がっているように見えた。シートのあいだを縫ってフェル・ムーンに近より、目の前で足をとめた。

「われわれの秀でた力をもってすれば、かれらをかんたんに屈服させられるでしょうね」と、皮肉をいう。「銀河全体に立ち向かう一隻の宇宙船。世間では、それをなんというか知っていますか？」そこまでいって、すこし間を置いた。「誇大妄想ですよ」

「その言葉を受け入れることはできません、ヘイダ。わたしは、そしてこの船のだれもが、戦士なのです。そして、このような非常時においては、遠征隊のリーダーであるティフラーがなにを考え、なにをするつもりかなんて、どうでもいいことです。この船は、それ自体がちいさな戦闘集団。われわれは軟弱者にとりかこまれています。やつらに鉄のこぶしの味を思い知らせてやりましょう！」

「それは、あなたの鉄のこぶしでしょう！」ヘイダはフェル・ムーンを指さした。「それとも、本気でわたしたち全員のことを考えているのですか？　あなた自身の目的のために、みなを巻きこんでいるのでは？」

「わたしの目標は、組織のそれと同じです」フェル・ムーンはいい張った。

ヘイダ・ミンストラルは手の動きで議論の終わりを告げた。キル・シャンに教練の中止を指揮し、船首中央にある火器管理室での作業を指示するよう命じる。そのとき、《バルバロッサ》はすでに二度めのメタグラヴ航行を終え、恒星マウルーダから十八光年の距離を飛行していた。キル・シャンに任務をあたえたということは、ヘイダはなにかをたくらんでいるということだ。フェル・ムーンの顔があからさまに好奇心で満ちた。

「ここまできてしまったのですから、それを逆手にとりましょう」船長は説明した。「身をひそめて、秘密裡《り》に行動するのです。ネイスクールの状況を裏から探り、必要な瞬間を見はからって介入します！」

それはいわば妥協案だ。そのことはフェル・ムーンにもわかっていた。それでもカルタン人は胸が熱くなった。

「すばらしいお言葉です、ヘイダ・ミンストラル！」喝采を浴びせる。「偉大な船長にふさわしい決断だ！」

これでおまえではなく、このわたしが船長に選ばれた理由が理解できただろう、とヘイダは心のなかで考えた。

2

錯覚だろうか？　それとも、ザイムのかたちが本当に変わったのか？　プランタ人のレム・タ・ドゥルカは、テーブルに置かれたその物体のまわりをゆっくりと歩いた。自分の考えが正しいのかどうか知るすべはない。おそらく、天井の光のいたずらで、かたちが変わったように見えただけだろう。

ハッチをたたく音がした。アンタムが研究室に入ってきた。このグリオルはレム・タ・ドゥルカよりも一メートル以上背が低く、太い脚でゆっくりと歩みよってくる。両腕は上半身の骨プレートのあいだに完全に収納していた。肩に赤いマントをかけているが、あまりに長いため、歩くたびにその端を踏みつけている。グリオルという種族のことを知らない者なら、そのようすを見てアンタムには首から上がないと思って驚いたことだろう……。アンタムは触覚だけにたよって前進し、テーブルのすぐ近くにきてようやく頭をすこしだけ外に出して、レム・タ・ドゥルカをじっと見つめた。

「最善をつくした」アンタムはいった。「だれにも見られていない。だが、もし船長がわれわれの居場所をたずねれば、シントロニクスが答えるだろう。そのリスクは冒す必要がある。いまも警報は発令中なので、本当ならわれわれもしかるべき場所にいるはずなのだから。われわれが持ち場にいないことは、すぐにばれるだろう」

「なら、さっそくはじめよう！」レム・タ・ドゥルカがいった。テーブルに固定されているスツールにすわり、ザイムを見つめる。ザイムは魅力的に輝いていた。レム・タ・ドゥルカは深みにある目でよく見るために、顔の筋肉を上に下にと動かした。

「どうだ？」アンタムがたずねた。

「なにも。なにもない」

「やはりむりなのだ。きみはなにも感じない。この物体に対する感受性がないのだよ。きみにはザイムが強いエネルギーをもちいて活動しているときにのみ、なにかを感じられるのだろう。それでも、もうすこし、がんばってみてくれ」

「いわれなくてもわかってる。そっちはどうだ？　なにかを感じるのか？」

「もちろんだ！　話しかけてくる！」

レム・タ・ドゥルカは驚いて黙りこんだ。テーブルに身を乗りだし、頭をその物体に近づける。耳を澄ました。そしておよそ一分後にふたたびからだを起こした。

「なにも聞こえないぞ！」という。

「そうか。きみには外側にしか耳がないのだろう。内なる耳で聞かなければだめだ！

それに、聞こえないと思いこむのもよくない！」

　プランタ人が長い両腕をたがいに打ちつけると、大きな音がした。

「内なる耳とは、どんなだ？」悔しそうにいった。

「この船よりもはるかに大きい。だが、いまはしずかにしてくれ。ザイムが伝えるメッセージを聞きたいんだ！」

　アンタムはスツールに身を乗りあげ、硬いからだをテーブルに押しつけた。首を長く伸ばし、ちいさな頭を物体のすぐそばに位置づける。ザイムが明るさを増し、色も鮮烈になった。レム・タ・ドゥルカはザイムが熱を発しているように感じた。ザイムはテーブル表面をはなれ、わずかな距離で宙に浮かんだ。レム・タ・ドゥルカは緊張の面持ちで、アンタムの言葉を待った。

　だが、アンタムは微動だにしない。濃い褐色の目は見開かれ、網膜が虹色の光をうつしていた。内なる耳で声を聞いているのだ。

　ザイムは話した。その声を聞けるすべての者に向けて。これまでのところ、船内でザイムの存在を知るのは、アンタムとレム・タ・ドゥルカだけだ。ほかのクルーにとっては、それはただの無価値な宝石にすぎない。

　アンタムは意識を研《と》ぎ澄ませた。ザイムの言葉があらわす映像が見えた。同時に、ザイムの力の密集がからだを通り抜けた。それまで感じたことのない気持ちが呼び起こされる。夢の世界におちいりそうになったが、最後の瞬間に気をとりなおし、ふたたび映像に集中した。

アンタムは内なる目で、白い空間に散らばる黒い点を見た。黒い点は個別に散在している部分もあれば、ちいさな集団をなしている部分もある。また、べつの場所ではらせんを描くリボンのように密集していた。リボンの片方の端は太く、もう片方の端は細くなっている。黒点の映像の全体をはさみこむように、両端には格子《こうし》を思わせる球状の構造体が配置されている。

そして突然、アンタムはちいさな白い染みがあるのに気づいた。その染みはすこしはなれた場所にあり、まわりの白よりもはるかに明るく輝いている。そこからシグナルが発せられていて、ザイムはそれを受信しているのだ。その映像がなにを意味しているのか、アンタムにはわからない。集中がすこし薄れたため、まわりの音が耳に入ってきた。レム・タ・ドゥルカの鼻息があまりにうるさいので、アンタムは短い腕を振って小声でこういった。

「しずかにできないのか？　変な音を鳴らさないでくれ！」

「音を鳴らしてるのはきみだろ！」レム・タ・ドゥルカがいい返した。「息はハリケーンのようだったし、その薄い口からは古代の時計のような音がしていたぞ！」

古代の時計とは、三隻の船にそれぞれ搭載されている機械式クロノメーターのことだ。

ブラックホールの作用域内で時間のズレが生じたときに、シントロニクス・クロノメーターの同期を行なうための時計で、その用途のためだけにわざわざフェニックスからもってきたのである。

バネで動くゼンマイ式で、けたたましい音で鳴るアラームベルをそなえている。以前はそれを使って死者を目ざめさせたにちがいない。

アンタムはふたたび意識を集中し、ザイムの映像に心を開いた。もうひとつの白く輝く染みを見つけた。それはまん丸ではなく、楕円だった。なぜか貪欲な大穴を思い起こさせる。その瞬間、内なる衝動がはしり、アンタムが首を立てた。その弾みで頭をザイムにぶつけそうになる。

「レム！」すべてを理解したアンタムは叫んだ。「これは裏返しで、黒は白なんだ。ここに見えるのは黒い星が集まる銀河系で、黒い球でかこまれている。白いのは宇宙空間で、ザイムが認識する範囲内には、白い穴つまりホワイトホールがふたつ存在する。船長に伝えよう！」

それに対してプランタ人は、アンタムには予想外の方法で応じた。グリオルをザイムから引きはなし、フロアに立たせたのである。脚の短いレム・タ・ドゥルカにとっては、けっしてかんたんなことではなかった。それでもどうにかやり遂げ、両手で支えながら、アンタムがバランスをとりもどすのを待った。

「つまり」レム・タ・ドゥルカの声はうわずっていた。「ザイムには、われわれの探知機には見えなかったものが見えるといいたいのか？」

その声には、いくばくかのあきらめも混ざっているように聞こえた。アンタムはテーブルからすこしはなれ、分析端末の前に立った。人類の指向けにつくられたキイボードにまるい手を置いてため息をつく。

「そういうことだ。ザイムはふたつの要素を通じて話しかけてくる。映像を伝えながら、ムードをみずから発する、あるいは他者のムードを再現するんだ。そこまではわかった。きみは本当になにも感じなかったのか？」

「なにも」プランタ人がいった。「なにも聞こえないし、なにも感じない。こいつはわたしには反応しない！」

「かわりに、わたしが反応しよう！」背後から大きな声が聞こえた。プランタ人とグリオルが振り返ると、カルタン人がそこにいた。フェル・ムーンが音もなく研究室に入ってきて、驚く両者をにやけ顔で眺めていたのだ。

「このばか騒ぎはなんだ？」冷たい声で副長が問いただした。「ここでなにをしている？　そのガラクタはなんだ？」

そういってテーブルを指すカルタン人に、グリオルはあわててザイムの価値を説明しようとした。

「宝石で、たくさんの色のパターンや色の動きをつくることができるのです」と、話し、こう提案した。「ご自分でもおためしください！」

「そんな時間はない。警報が鳴ったのを忘れたのか？　なぜ自分の持ち場についていない？　任務はどうした？」

「ロナルド・テケナーとロワ・ダントンは、自由時間を有意義にすごすことには反対しませんでした」レム・タ・ドゥルカが口答えをした。「緊急時でも同じです！　われわれになにをしろというのでしょうか？　われわれは異生物学者兼戦闘戦術家であります。ヘイダ船長は戦闘の予定はないといいましたよね？」

「カンタロがなにを仕掛けてくるか、だれにもわからん！」フェル・ムーンがどなった。そしてザイムに手を伸ばしたが、驚いてすくみあがった。宙に浮いていたからだ。だから、片手でわきへ押しのけた。本当は壁に打ちつけたかったのだが、よくわからない方法でザイムがそれに逆らった。自分の手に逆向きの力がくわわったので、フェル・ムーンは悲鳴をあげて手を引いた。ザイムがひとりでにテーブルの中央にもどると、色と明るさがすこしあせた。

「電気ショックを受けたぞ」カルタン人は叫び、左手を顔の前にかかげた。手は不規則に震え、フェル・ムーンには筋肉の動きをコントロールすることができない。爪を立ててみるが、すぐにまたバネのように引っこんでしまった。武器を抜こうとすると、プランタ人がフェル・ムーンとザイムのあいだに立った。

「プロジェクターはどこにある？」フェル・ムーンが脅すようにいった。「答えろ！」

「プロジェクターなんてありません。ザイムは自発的に反応するのです」

カルタン人は信じようとしなかった。両者の説得にもかかわらず、フェル・ムーンは研究室にある機材を調べはじめた。不満のうなり声をあげながらハッチに向かい、いまだに震えている手をさすった。

「自分の持ち場につけ。警報が解けたら、わたしのところへこい！」と、命じた。

「お待ちを！」グリオルがカルタン人に追いすがった。「ひとつ、お伝えしたいことがあります。このザイムには、われわれの能力や機材では把握できないことを認識する力があるのです。わたしには、ネイスクール領域にあるふたつのブラックホールの位置がわかります。星図をおぼえたのです！」

「黙れ！」フェル・ムーンが肩ごしに叫ぶと、開いていたハッチがまた閉まった。「そんなものは、まだ探してもいない。わたしをだまそうとすると、あとで痛い目に遭うぞ！」

＊

ネイスクール銀河はNGC7331として特定され、自由商人たちはこの星の島について数多くのデータを集めていた。テラから見て、ネイスクールはペガサス座の内側にあり、形態はSb（sr）I-IIタイプの渦巻銀河。故郷銀河にきわめてよく似ているのだが、モイシュ・ブラックホールの事象の地平線から浮上したさいに徹底的な探知を行なったところ、故郷銀河とはべつの銀河であることが明らかになった。直径は十万光年、およそ二千億の恒星が集団をなしている。同じ局部銀河群に属するほかの銀河のほとんどと同じで、銀河赤道の南、つまり下側にあるのだが、コスモヌクレオチド・ドリフェルの作用域とされる五千万光年領域からは四千万光年分外側に位置している。故郷銀河を出発点としてNGC7331へ向かう場合、力の集合体エスタルトゥへ旅するのとは真逆へ向かうことになる。

ヘイダ・ミンストラルは、この銀河全体を調査しようとは思わなかった。すくなくともしばらくのあいだは、《バルバロッサ》はほかの二隻から遠くはなれるべきではないと考えた。いざというときにすぐに介入するためには、ジュリアン・ティフラーとその仲間たちを見失うわけにはいかない。しかし、そのときがくるまでずっと惑星上で退屈しながら待つつもりもなかった。自分で行動してこそ、明確かつ客観的な全体像が得られるはずだ。

ふだんは性格的にわかり合えないことが多いとしても、この点では、船長と副長の意見は一致していた。

ネイスクール銀河ではカンタロが暗躍しているというフェル・ムーンの推測は証明こそされなかったが、まちがいであることをしめす証拠も見つからなかった。だからこそ、手がかりを探した。そして、手がかりがもっとも見つかりそうな場所といえば、カンタロがあらわれそして消えていった場所、つまりブラックホールだ。

そうこうするうちに惑星カアリクスのあるマウルーダ星系から三百光年ほどはなれていた《バルバロッサ》は、周囲に存在するブラックホールを探しはじめた。最初の測定で早くも、ひろい領域内に三つのブラックホールが見つかった。それらには便宜的に、カンタロⅠからカンタロⅢの名前がつけられた。カンタロⅠは銀河の外のなにもない空間、距離にして現在地から二万光年はなれた場所にある。このブラックホールに関しては、これまでなんの情報も得られていない。カンタロⅡはモイシュ・ブラックホールの属する球状星団から遠くはなれた縁辺部にあった。カンタロⅢは《バルバロッサ》から見て銀河の中心方向、わずか八百七十光年の位置に存在する。銀河の中心までの距離は二万八千光年だ。

カンタロⅠとカンタロⅢの位置関係は、数分前に司令室にもたらされた情報と一致していた。レム・タ・ドゥルカとアンタムが研究モジュールから、ふたつのブラックホールに関する奇妙な発見について報告していたのだ。その時点では、司令室のだれひとりとして、それがなにを意味しているのか、よく理解していなかった。そうした問題に焦点を当てるハイパー走査機やハイパー探知機を、まだ起動させていなかったからだ。ヘイダ・ミンストラルは折を見て両者をじっくりと尋問することに決めた。気になる点はもうひとつあった。両者が報告したとき、そしてその報告が正しかったことが明らかになったとき、フェル・ムーンが明らかに動揺し、不規則に痙攣《けいれん》する左手をしきりにマッサージしていたのだ。船長はすぐにフェル・ムーンと両報告者のあいだになんらかのいきさつがあることを悟り、眉間《みけん》にしわをよせたが、フェル・ムーンの痛みに引きつる顔を見るやいなや、そのしわは消えてなくなった。

「どうかしたのですか？」

「あのいまいましいザイムですよ！」フェル・ムーンが吼《ほ》えた。「レム・タ・ドゥルカとアンタムには代償をはらわせてやります。自分たちはなんの関係もないといっていますが、そんなのただの言いわけです。絶対にとっちめてやりますよ。ばらばらにしてやる！」

フェル・ムーンが本気でそういっていることが、ヘイダ・ミンストラルにもわかった。

「およしなさい。わたしがかれらを尋問します。そのうえで、わたしが処分をくだします！」

ヘイダの目に鋭い光が宿った。フェル・ムーンは思わず顔をそむけ、急いで自分のシートにもどった。

腰をおろし、わざとらしくスクリーンを見つめる。

ヘイダは問題の発端《ほったん》となった二名のもとにおもむき、事情の説明をもとめた。アンタムがザイムをさしだし、実演して見せた。ヘイダがザイムに触れると、手に軽い衝撃がはしった。

「本当に電気がはしりました」ヘイダはいった。

「そうなんです！」レム・タ・ドゥルカがつぶやいた。「あの野蛮なカルタン人がテーブルにあったそれを壁に投げつけようとしたから、それは自衛したんです。なにが起こったのか、くわしいことはわかりませんが、とにかく、ザイムはフェル・ムーンの暴力に抵抗したのです！」

船長は結晶構造をもつカラフルに輝く金属をつぶさに観察した。そのようすは、アイスクロウとヴァアスレ人の建築物を思い起こさせた。

「フェニックスからもってきたのですよね？」その声は疑念に満ちていた。

両者はうなずき、ザイムはハンガイ銀河のものであるとアンタムが説明した。だが、それが自然物なのか、それとも人工物なのかは、だれにもわからなかった。

「わかりました」ヘイダがいった。「あなたがたが嘘をいっているとは思えません。手を負傷したのは、フェル・ムーン自身の責任です。わたしがかれに話しましょう。文句はいわせません！」

船長は司令室にもどったが、副長は納得のいかないようすだった。そのかわりに、グリオルのアンタムがめずらしい宝物をもっているという噂が船内でひろまった。アンタムは乗組員から注目される存在になった。合計四十名のクルーのうち、船内にいたのは三十九名。マモシトゥのトシュ゠ポイントがカアリクスにのこったからだ。アンタムとレム・タ・ドゥルカはザイムの保管を希望した。ヘイダ・ミンストラルはすでに興味を失っていた。一方のフェル・ムーンは、次の機会にザイムを破壊すると脅した。そうすることで、わずらわしい手の痙攣がおさまると思ったからだ。

のこりの三十五名は、すこし時間ができるたびにザイムを保管する両者のもとにやってきては、アンタムが力の〝密集〟と呼ぶなにかを感じようとした。

しかし、アンタム以外になにかを感じとれる者はいなかった。プランタ人のレム・タ・ドゥルカも例外ではない。最終的に、レム・タ・ドゥルカはシントロニクスで改造したエネルギー銃を手にとり、椅子をハッチの近くにおいて腰かけた。

「フェル・ムーンがくるのをここで待つ！」とつぶやいた。

　　　　＊

　ノールンはホールの奥をじっと見つめた。その目は赤い光にとくに敏感なので、その動きをすぐに察知した。立ちどまり、ゆっくりと腕を曲げ、手をベルトに刺さった武器に伸ばす。武器を抜くと同時にてのひらでベルトのバックルに触れると、スーツのバリアが起動した。

どこからか、なにかがこすれるような音が聞こえてきた。頭をさげ、一歩前に進む。モジュールカーソルの背後に身をかくしたノールンはそれに沿ってゆっくりと移動し、通信機のシグナルボタンを押した。ほとんど聞こえないぐらいのかすかなピープ音が返ってきた。奥のほう、磁気接続のコントロール装置のあいだのどこかにトーレン・ベンクがいることはまちがいない。

つかのま、硬い衝撃音が響いた。金属が破れるような音だったが、監視装置はなんの被害も報告してこない。

切りやがったな！　ノールンはあせりながら考えた。用心しておいたほうがいい。かれらは二名一組としてホールにやってきていた。ハウリ人のノールンは、ヘイダ・ミンストラルに連絡すべきだろうかと考えた。だが、やはりまずは自分でたしかめることにした。いまのところ、それがなんなのかをしめす手がかりは見つかっていない。例の動きはロボットのものである可能性もあった。

「トーレン、なにが見える？」ノールンはたずねた。

「おい、なにが聞きたいんだ？」が答えだった。ノールンは一瞬たじろぎ、その答えの意味を考えてみた。しばらくして、テフローダーの奇妙な返答の意味がようやく理解できた。ノールンは母語で話していたのだ。大急ぎで同じ質問を、こんどはインターコスモでくり返した。

「影が見える」がトーレン・ベンクの答えだった。「たくさんの構造物のあいだを移動していて、なにかを修理しているようにも見える。ここからの距離はだいたい十八メートル！」

両者は船の蹄鉄部分にあたる筒のなかにいた。イレギュレーター放射砲の干渉フィールド用のプロジェクターにほど近い部分だ。エンジン区画の方向へ進みながら、いくつかの装置の定期検査を行なっていた。

そのときに、両者はほぼ同時に影の存在に気づき、ノールンが構造物の背後から影のある方向をのぞきこんだところ、その目が薄暗がりのなかに例のかすかな赤い輝きを察知したのである。ノールンは一瞬、かつてハウリ人たちにとって大きな役割をはたした歴史的な赤のことを考えた。ノールンは特別歴史にくわしいわけではないが、自分の故郷であるハンガイ銀河が、いまの自分たちがおよそ七百年前から滞在している宇宙領域には属さないことぐらいは知っていた。

ヘクサメロンなどの話は聞いたことすらなく、たとえ以前は知っていたとしても、狂気のバリアと接触したため、どのみち思いだすことはできないのだ。

「見つけた」突然テフローダーの声がした。「ノールン、きみと同じぐらいの大きさだ。

それから、わたしたちの声も聞かれているはずだ。こればかりはどうしようもない！」蹄鉄形のリングのカーブは、基本的に丸天井と同じようなもので、その内側で話す言葉は、たとえそれがささやき声でも、大きく響いてだれの耳にもとどいてしまう。

ノールンは構造物の陰にかくれるのをやめ、ちいさなレールに置かれた移動式の端末へ急いだ。

「だれだ？　顔を見せろ！」と叫んで、武器の安全装置をはずす。「パトロールのガイドラインにしたがってもらう！」

笑い声のようななにかが響いた。金属的な響きではあったが、ハウリ人の繊細な耳には、それが機械の発する音ではないことがすぐにわかった。つまり、生物であり、乗組員のだれかだとしか考えられない。

ノールンはコード発信器を起動し、相手のベルトにコードを送った。ベルトのマイクロシントロンがコードを送り返し、持ち主の身分を明かすはずだった。しかし、なにも起こらなかった。ノールンは大声で叫んだ。

「司令室！」そなえつけのコンピュータが自動で司令室とつながった。「侵入者発見！」

ところがだれも応答しない。近くからくすくす笑いが聞こえてきた。その声に激昂したハウリ人は頭をさげていくつかのコンソールわきを駆け抜け、手すりの背後にある溝に飛びこんだ。その溝はそこから天井方向へのびている。

「気をつけろ！」ベンクが忠告した。「あいつ、武器かなにかを起動したぞ！」

赤い影は移動し、そのさいスポットライトの光の輪の内側に入った。そこにいた時間は四分の一秒にも満たなかったが、ノールンには充分な時間だった。なめらかな動きと点滅する部分。ちらりと見えた横顔には、頭から伸びるたくさんのアンテナの影があった。

そのなにものかが着ていた赤い宇宙服には、そこかしこに大きな金属板があしらわれていた。

「カンタロだ！」ノールンが叫んだ。これで司令室とつながらなかった理由もわかった。

「トーレン、そっちへいったぞ！」

「ああ、見えてる」すぐに答えが返ってきた。「そして感じる。やつが展開したフィールドが、わたしを攻撃しているようだ！」

ノールンは溝に身を伏せた。しかし、カンタロが自分を見失ったとは思えない。すぐにエネルギー銃を起動し、機器のあいだの空間を致死量のエネルギー波で満たした。運がよかったようだ。武器は望みどおりの効果をもたらし、赤い影は方向を変えた。

ノールンにはもはや、自分のピココンピュータのしめすデータが信じられなかった。

カンタロは防御バリアを張っていない。それだけ自分の優位性に自信があるということだ。

ノールンは銃を左手に持ち替え、右手を溝のわきに立つコンソールのセンサーに伸ばした。いくつかのマーキングは無視して、あるプログラムを直接起動する。

警報が鳴ったが、二秒後には音がやんだ。コンソールは自動でシャットダウンし、ノールンはまた数秒前と同じ状況に逆もどりした。惑星フェニックスでテラナーから教わったののしりの言葉をつぶやく。

またどこかで音がしたかと思うと、トーレン・ベンクがエネルギー弾を次々とはなった。

「くそ、まったくあたらねえ」トーレンの声がノールンに聞こえた。「こんなの、おかしいじゃねえか」

ハウリ人は溝から出て、細くて背の高いからだを伸ばした。影を見失ったのだ。すると、まさにその影が五メートルもはなれていない場所でフロアからにゅっと伸びた。ノールンはすくみあがった。撃つことも忘れ、ただ死を覚悟した。

だが、なにも起こらない。カンタロが声を出して笑った。

「そうかんたんに死なせるわけがないだろ？　わたしのような者に出会うことは予想もしていなかったのかな？　武器もなく、ただおのれの脆弱なからだだけで？」

「どうやって侵入した？」ノールンが無感情にたずねた。「なにをするつもりだ？」

「おまえだよ、ハウリ人。おまえとおまえの仲間。この船を掃除しにきたのさ！」

船！《バルバロッサ》への想いが、ノールンの最後の気力を奮い立たせた。カンタロから湧き出る冷気が感じられ、どういうわけか、思考のなかでカンタロの出現と今回のパトロールのあいだが目に見えない糸でつながった。ただし、そのつながりはまだ意識にはのぼってこなかった。エネルギー銃をかまえ、合成生物に向ける。

「おまえの訪問など望んではいない」ノールンは力強い声でいった。「トーレン、いいか？」

ほとんど聞きとれないほどの小声で「ああ」と、聞こえた。大きな口と鼻の先端しか見えていないカンタロの顔に向けて、ノールンが引き金を引いた。顔ののこりの部分はヘルメットでおおわれていて、バイザーが目と額を完全にかくしていた。

だが、今回はエネルギー銃が機能しなかった。ただし、背後からエネルギービームが伸びてきて、合成生物のスーツを襲った。だが、カンタロは微動だにしない。腕を前に伸ばしてハウリ人を捕らえようとした。ノールンはうしろに飛びのき、溝に転げ落ちる。その瞬間、重力フィールドがノールンをつつみ、壁に沿って天井近くまで持ちあげた。

「まあ、そうあわてるな」カンタロがいった。腕を背後にまわすと、グリーンに揺らめくフィールドがテフローダーのいる方向へと伸びた。トーレン・ベンクは立ち位置をうつしていたので、フィールドにはかすっただけですんだ。それでも鋭い叫び声をあげ、金属板の裏にかくれた。

ノールンは全速力で思考を駆けめぐらせた。自分のななめ下に干渉フィールド・プロジェクターの鋭いアンテナが見える。もしカンタロがいま重力フィールドを解除したら、あそこに落ちて串刺しになるだろう。

ハウリ人は慎重に手をベルトに伸ばし、ピコンピュータの命令ボタンに触れた。それはまだ妨害されていないようだ。そこでノールンは目くらましとして、銃の引き金をふたたび引いた。やはりなにも起こらない。カンタロはまたも笑い、テフローダーのいる方向へ走り出した。その右腕は赤々と輝き、熱をはなっていた。金属の指の一本が伸び、まるで短剣の先端のようだ。

「スクエア・フォー！」ノールンが吼え、シグナルを発した。ベルトのエネルギーが流出しつづけていたので、シグナルは弱々しかったが、それでも狙いどおり、プロジェクターにとどいた。

「赤、金属、カンタロ！」ノールンは指示をあたえ、テフローダーの居場所を探した。

イレギュレーター放射砲の干渉フィールドがシリンダー形でホール内にひろがった。

突然カンタロのからだがあらわれた。空気を裂き、金属ブロックに投げつけられたのだ。合成生物はからだのまんなかで折れ曲がり、ばらばらに砕けた。二台のコンソールのあいだからトーレン・ベンクの頭があらわれた。

「助かった！」トーレンは叫んだ。「きみこそ真の友だ。きみのいったスクエア・フォーの意味がわかってよかった！」

スクエア・フォーとは、プロジェクター用の入力端末が置かれている場所のことだ。どこに向けて干渉フィールドを展開するにしても、操作端末自体は妨害されることはない。

ハウリ人を天井近くにたもっていた重力フィールドが崩壊した。ノールンは落下し、手足のすべてを使って着地した。そのさい、武器を落としたが、そのことは気にしなかった。大きな歩幅で、カンタロがぶらさがっているブロックに急ぐ。カンタロのからだはまんなかで折れていて、モジュールのいくつかが床に落ちていた。頭は何本もの金属パイプに引っかかっていた。ヘルメットはずれている。両者がじっと見つめる顔は、大部分がまだ生物素材で構成されていた。

そのカンタロの表情は憔悴《しょうすい》しきっていて、目は深くくぼんでいた。ハウリ人に似ていて、からだの大きさもハウリ人に近い。

その目は壊れていた。カンタロは死んでいた。

ノールンはしばらくその顔を眺めたあと、手でなにかを否定するかのような動作を見せた。

「違う」ノールンはいった。「こいつはハウリ人じゃない」

カンタロの頭はスポンジのように不明瞭になり、機械のブロックも輪郭を失いつつあった。同時に、催眠ビームの効果も薄れはじめたので、両者はしだいに現実にもどりつつあった。まわりのホールが崩壊し、トレーニングルーム内の装置や壁に設置されたプロジェクターなどが見えてきた。さっきまでコンソールのあった場所にはシートがあり、そこからひとりのカルタン人が立ちあがった。フェル・ムーンだ。フェル・ムーンが歩みよってきた。いつのまにか、投影像は完全に消え、カンタロの姿もどこにも見あたらなかった。

「よくやった」フェル・ムーンがいった。「これでわかっただろう、まともな方法では合成生物にはかなわないことが。一対一で戦えば、絶対に勝ち目はない。イホ・トロトのような怪物でさえ、手に負えないのだからな」

フェル・ムーンは髭の毛をつまみながら、頭で出口のほうを指した。

「遠征を終えたら、カンタロ訓練をつづける」副長はそういって、こうつけくわえた。

「着陸準備をはじめろ!」

二名の自由商人はすぐに作業にとりかかった。

3

《バルバロッサ》はカンタロⅢから五光年の距離でハイパー空間から出現し、速度を落とした。探知によると、前方一・三光年の距離に恒星系があり、ブラックホールからその恒星系の距離は三・七光年で安定しているようだ。そこは比較的星がすくない宙域で、ヘイダ・ミンストラルはイムプランツに走査機を起動するよう命じた。グリオルのイムプランツがその星系をくまなく調べ、機械がもたらした走査結果をフェル・ムーンにわたすと、フェル・ムーンは司令室にいた乗組員を見まわしてこういった。

「思ったとおりだ」まるで勝ち誇ったようだ。「この星系ではなにかが起こっている。賭けてもいい。ずっと探していたものが、ここで見つかるとな。この知識をもたらせば、ティフラーもわれわれに感謝するだろう！」

シントロンが、トレーニングプログラムが終わりに近づいていると伝えた。フェル・ムーンは立ちあがり、トレーニングルームへ向かった。しばらくしてもどってきたフェル・ムーンは、カンタロ訓練についてはなにも話さなかった。その星系をうつしだしているスクリーンをじっと眺める。《バルバロッサ》はもう一度メタグラヴ航行を行なって恒星系まで半光年の距離に近づき、対探知システムを起動していた。ヘイダ・ミンストラルは、恒星を周回する十八の惑星のすべてが見える位置に船を配置した。

「酸素惑星が三つ！」カルタン人がいった。「いい知らせだ。みんな、この星系と周辺を行き交う船を見てみろ！」

それまでの時間で、シントロニクス結合体が通信の大部分を傍受および解析していて、その大半が共通語ネイスカムで行なわれていた。そこから、この恒星がタイブロンと、ブラックホールはピーリロンと呼ばれていることも明らかになった。タイブロンの惑星では、第四、第五、そして第七惑星が重要なようだ。

フェル・ムーンはシントロンに、搭載艇モジュールと通信をつなぐように命じた。

「スタートの準備を」と、モジュールに命じる。頭をすこしかたむけて、返事を待った。

だが、だれも応答しない。

「アルドゥスタアルと呪われし者どもよ、搭載艇はどうなっている？」

「こちら搭載艇モジュール」しわがれた声が答えた。「搭載艇の準備は完了していますが、クルーがまだきていません！」

スクリーンが明滅したかと思うと、フェル・ムーンは一名のハウリ人を認識した。

「ヒグホン？」と、ささやく。「だれがきさまに任務を……」

ヘイダ・ミンストラルがほくそ笑むのを見て、フェル・ムーンは口を閉ざした。くるりと振り返り、こぶしを握りしめる。

「ようくわかりました」悔しそうにいった。「わたしからすべてを奪うつもりなのですね。魂胆は見え見えです。あなたを見ていると、あのいけ好かないカルタン女を思いだしますよ」

「ダオ・リン＝ヘイのことですね」ヘイダが露骨に笑みを見せた。「あなたなら、わたしが手を打つことを予想すると思っていましたよ。適切なチームをあなたが組みなさい！」

フェル・ムーンはヒグホンに目をやった。ヒグホンはふたりの会話を無表情で眺めていた。

「よく聞け、惑星アスポルクの宙航案内人よ」フェル・ムーンはしずかにいった。「わたしが十名ほど引き連れて搭乗する。第八惑星の軌道を通過するまでモジュールが発見されないように手を打っておけ！」

「かんたんなことではありませんが」ハウリ人がいった。「わたしなら、ご期待にお応えできると思います！」

フェル・ムーンは通信を切り、モジュールに向かった。途中、同行する者の名を呼びあげ、搭載艇モジュールへ急ぐよう命じた。

＊

タイブロン星系は喧噪《けんそう》につつまれていたため、シリンダー型のモジュールの存在に注意をはらう者はいなかった。そこは大きめの貿易中枢で、近くに巨大なブラックホールが存在することが、貿易が栄えている理由だと考えられた。フェル・ムーン一行は第七惑星バシャールに接近し、さまざまな軌道サイトにつながっている進入路の一本にならんだ。自動システムが誘導光線をはなつと、ヒグホンと二名のハウリ人が無線通信を確認し、筒のかたちをした船の一団にくわわった。そして、まずは最下層の軌道に導かれ、そこから宇宙港へ誘導された。一行の乗った小型のシリンダー型搭載艇はほかの船と大きさが違うだけで見た目はほとんど同じだったので、自動システムによって、その船団と同じグループに振り分けられたのだろう。大型の宇宙船のすぐそばに着陸すると、ヒグホンが斜路を展開した。

「待て！」フェル・ムーンが片手をあげた。「まずはほかのシリンダー船から出てくる連中のようすを見るとしよう！　動くのはそのあとだ」

宇宙港とその周辺では、なにもかもが自動化されていた。隙間なく制御システムが敷かれていて、すべてが滞りない。無線通信から確信を得ることもできた。バシャールはタイブロン星系における物流のハブ拠点だった。フェル・ムーンの目に輝きが宿った。

ここで探しているものが見つかると、確信したからだ。このような惑星には、プロセスのすべてを監視し、どこかでエラーが生じたり、危険が迫ったりしたときに介入する機関がかならず存在する。

「やつらに揺さぶりをかけてやろう」カルタン人がいった。「おびき出してやる。やつらは絶対にここにいる！」

だれもその言葉に応じなかった。みんな、シリンダー船から出てきて浮遊フィールドの力で運ばれていく見慣れぬ生物をじっと見つめていた。そのようにして最後の船がからになり、輸送フィールドがいよいよ小型搭載艇に近づいてきた。

それ以上は待てない。フェル・ムーンは自分に同行すべきクルーの名を呼んだ。一団となってモジュールを降り、フィールドに捕捉されて空中へ引きあげられた。着陸している船のすぐ上を浮遊して、すくなくとも五キロメートルははなれた場所、宇宙港の端でそびえ立っているある建物へと運ばれた。同じような輸送フィールドがたくさんあって、ありとあらゆる種族を船から、あるいは船へと運んでいた。

「ヌルマ！」どこからともなくささやき声が聞こえてきた。「ヌルマ・バシャール！」

スーツに搭載されているピココンピュータがトランスレーターを起動し、歓迎の挨拶を翻訳した。

「お望みは？」ささやき声がつづいた。その声は旋律が美しく、敵意がなかった。オレンジ色のスーツを着た第二の転路係にいつ遭遇してもおかしくないと危惧していたフェル・ムーンは、安堵のため息をついた。「日曜大工ホールの見学をお望みでしょうか？」

「ヴォルシェ！」カルタン人が答えた。「そんなものは見たくない。興味があるのはハイテク関連だけだ！」

「でしたら、あなたがたをヘルラグ・ゾーンへの高速輸送口へご案内いたしましょう。そこでコードをいっていただければ、すべて自動でことが進みます」

「コードはなんだ？」

「おや、バシャールにやってくるのははじめてでしたか！　でしたら話は変わります！　スターロードでの旅はいかがでしたか？」

「すこし埃《ほこり》っぽかったかな。昔のほうがきれいだった」

「運営局には理解しかねます、お客さま。スターロードはどこも例外なく管理されております。運営局の知る唯一の問題は、行きどまりのあるスターロードでございます！」

「モイシュ」フェル・ムーンが笑いながらいった。「モイシュには埃しかなかったぞ！」

「無意味な発言です。だれもモイシュからは出てきませんし、モイシュには入りません。モイシュの状況は不明です！」

「そのあたりのことは、アイスクロウどもと話せばいい！」ヒグホンが割って入った。

「連中のほうがよく知っている！」

「無意味な発言です」同じ答えが返ってきた。「高速輸送用のコードは、ヘルラグ＝ウルダウ、機械の目的地です」

「それがわれわれのムウルダウ、最後の目的地にならなければいいが」フェル・ムーンがうなったが、ささやき声はそれ以上なにも答えなかった。ゲストの言葉に、どう応じればいいのかわからなかったのだろう。

宇宙港の端にあるその建物は空高くそびえ立っていた。フィールドはふたつのドーム屋根のあいだを通り抜け、百メートル四方の黄色いフロアに一行をおろした。着地後みんなそれぞれ周囲をいったりきたりしながら、まわりにいるさまざまな種族の何千もの生物を眺めた。かれらもまた、色をたよりに移動したり、カラーリングされた場所におろされたりしていた。宇宙港の背後に大きく開けた場所があって、地面はさまざまな色で区分けされていた。

「ヘルラグ＝ウルダウ」フェル・ムーンがいった。すると、すぐさまカルタン人の全身がなにかに引かれ、深みに落ちていくような感覚がはしった。まわりが夜になったかと思うと、いつのまにかまた白い恒星が頭上にあらわれ、機械ゾーンの広大なエリアを照らしだした。宇宙港の上空、すくなくとも十五度の位置にタイプロンがあるのをヒントに、フェル・ムーン一行は自分たちの居場所にだいたいの見当をつけた。

「あっというまでしたね」ハウリ人のノールンがいった。「これからどうしますか？」

「しばらくは全員いっしょに行動しよう」フェル・ムーンが説明した。「今後の目標を定めるためにも、手がかりが必要だ。それまで、目立たないように行動する！」

それは命令ではなく、むしろ自分への戒めの言葉だった。どうせ守れないくせにと部下たちが思っていることが、かれらの疑いに満ちた視線から明らかだった。

＊

戦闘用スーツの飛翔装置を起動し、上空からヘルラグ・ゾーンを俯瞰《ふかん》する。そこは機械で満ちた都市で、やってきた場所の周囲ではすくなくとも十の階層があった。いたるところに生物がいる。浴槽のような容器を使って移動するクラゲのような知的生物が見えた。ほかの場所では、十本のクモの脚に輝く楕円形の胴体をのせたゲストたちが金属板の上を這いながら、施設をくまなく観察していた。胴体と頭の区別が明確な、直立歩行する二本足の種族も見つかった。みんな目に見えないフィールドからのささやき声に耳をかたむけていた。その声は、まるで機械パークをつねに満たす騒音のようで、五名の自由商人はすっかり混乱した。グラドのワキレインは神経質そうにたてがみをいじりながら、最上層へ飛んで黒く輝く突起物に着地したフェル・ムーンのあとを追った。

「親愛なるゲストのみなさま、いまごらんになっているのは宇宙の宝でございます」と、声が聞こえたかと思うと、カルタン人は舌打ちをした。

「この機械の働きをいえ」と命じる。

「そこは星系管理装置の階層です。機械システムが、みなさまのために最大六つの惑星を包括するエリアを管理し、あらゆる機能の維持につとめます。病人の看護もそこにふくまれます。あなたはご病気でしょうか？」

「そう見えるか？」フェル・ムーンは問い返した。

「わたしはあなたを知りません！」

フェル・ムーンはなにもいい返さなかった。振り返り、同行者に合図を送る。通路の一本を歩いて管理装置の層に足を踏み入れると、ささやきフィールドもついてきて、そこにある設備を褒《ほ》め称えながら、興味をあおった。二百メートルが過ぎてもテーマが変わらなかったため、フェル・ムーンは恐ろしく感じはじめた。

「このシステムの大きさは」と問うてみる。「見わたすことは可能か？」

「星系管理装置は最上層全体にひろがり、標準キューブ千個分のひろさを誇ります。しかも、とても手ごろな価格になっております。あ、お待ちください！　たったいま、シラン・セクターから入札がございました。あなたもお急ぎください！」

「この管理装置をつくったのはだれだ？」フェル・ムーンが問いかけた。「そいつと話すことはできるのか？」

「この管理装置の設計者は数日前に廃棄され、あらたなモデルが役割を引き継ぎました。ですから、設計者と対話することはできません。ですが、そろそろ伝統にのっとって、シグナルをいただけませんでしょうか？　そのあとコードをおわたししますので、それを使えばあらたな設計者に話しかけることが可能です。その設計者はここからおよそ四十光年はなれた場所にいます」

「シグナルとは、なんのことだ？　わたしはここがはじめてなので、なにも知らない！」

「承知いたしました。ご購入方法が知りたいのですね！」

「ああ、ありがとよ！」フェル・ムーンにかわってヒグホンがいった。カルタン人は振り返った。

「うかつなことをいうな。ここでなにが起きているのか、わからないのか？　われわれになにかを売ろうとしているのだぞ！」

すると実際、目に見えないささやきフィールドが、ネイスクール以外では絶対にありえない価格で購入できる機会をご利用いただき、うれしく思うと説明した。

「ご購入された誉れ高きお客さまのお名前をお聞かせください」さっきまでよりも、さらに甘くささやきかけてきた。「そして、クレジットカードをお見せください。目の前にかかげるだけで充分でございます!」

「黙れ!」フェル・ムーンがどなった。「だれも買うとはいっていない。こんな古びた管理装置などいらぬわ。どうせ、あらたな設計者とやらが、はるかに高機能な次期モデルをもう完成させたのだろう!」

　今回はささやき声が黙った。五名の自由商人の耳に、すすり泣きのような音がかすかに聞こえてきた。五名でいちばん背の高いノールンがささやきフィールドの正確な位置を特定しようとしたが、機械を使っても、感覚にたよっても、うまくいかなかった。

「詐欺警報!」裏返った声が叫んだ。明らかに生物が発したものだ。「星系管理装置セクターにて詐欺警報発令。治安部隊、ただちに急行せよ!」

「ほら、いわんこっちゃない。もうめちゃくちゃだ。これでみんなから注目されてしまう!」

　フェル・ムーンは怒りに震えた。てのひらを大きくひろげて、爪を出す。だがその手が痙攣しはじめたので、ますます怒りを募らせた。

「ついてこい!」そういってつけくわえた。「ここは修羅場《しゅらば》になる!」

　五名は飛翔装置を起動し、高速で管理装置層の端へともどった。そしてべつのセクターに着地する。そこには大勢の訪問客がいた。さまざまな種族がすくなくとも三百名。フェル・ムーンは高い壁の背後で歩みをとめ、身をひそめて角を曲がった。そして、なるべく自然に、そこを行き交う訪問客たちに紛れこんだ。

同行者もそれにしたがった。みんな黙ったまま、エネルギー台の上に立ち第七層の働きを褒め称えるヴァアスレ人の声に耳をかたむける。ヴァアスレ人はすべての機能をあげ、その効果をくわしく説明した。その言葉の多くは、自由商人たちの耳にはあまりに抽象的に聞こえた。イメージがうまくつかめない。

この層ではまだ詐欺警報は鳴っていないようだ。しばらくして、だれも自分の言葉に興味をしめしていないことに気づいたそのヴァアスレ人は話すのをやめて、どこかへ消えていった。大きな集団が移動をつづけ、自由商人らもそれにしたがう。ノールンが複数の層にまたがる通路の存在に気づき、仲間に知らせた。

「あのヴァアスレ人はここでなにをやっているんだろう?」ワキレインが不思議がった。

「第一の転路係が個別に操作可能なスターロードを担当しているという話ではなかったのですか?」

「おそらくそうだろう」フェル・ムーンが自分の髭を引っ張っていった。「実際には、その役割に種族の全員が必要なわけではないのだろう。必要だとは思えない。スターロードとして利用されるこの種のブラックホールが、何百万も存在することになってしまうからな。それはやはりありえない。必要なのは、せいぜい数百名程度だろう。あるいは、複数の銀河で働くと想定して、数千名か。ほかの連中は、その役割をにないもせずに第一の転路係の称号を受けとっているのだ」そこまでいってあたりを見まわした。

「逃げろ！」

後方から飛行物体があらわれた。戦闘用スーツの探知機が、ロボットが訪問客の身元を一名ずつ確認しはじめたと告げた。五名が通路を下へ向かうと、機械セクターのいらだたしいささやき声がついてきて、かれらにそこにある機械のすばらしさを説明しはじめた。ささやきフィールドの多くは、まるで機械が生物であるかのように〝わたし〟をもちいて一人称で話した。

ヘルラグ・ゾーンは危険な場所には見えなかった。フェル・ムーンは手がかりを探したが、なにも見つからなかった。ここになくても、この惑星のどこかべつの場所でかならず痕跡が見つかるはずだ。そしてヘイダが船に呼びもどさないかぎり、時間ならいくらでもある。

「なにを探すのか、わかっているな」フェル・ムーンは同行者にいった。「言葉に惑わされるな。サイバネティクに見えるなにかが見つかったら、そこが目的地だ」

五名は通路をさらにくだり、地上にたどり着いて向きを変えた。ふたつのちいさな機械群のあいだを通り抜け、第三層へいたる道を進む。十五分が過ぎ、追っ手を完全に振りはらったと安堵した。

しかし、それは思いこみだった。奇蹟でも起こらないかぎり、治安部隊がかれらを見失うことはないだろう。探知機の映像に五名がひとかたまりになったグループを見つけるだけで、治安部隊にはターゲットの居場所がわかるのだから。

突然、空気中のあちこちに映像があらわれた。明らかにフェル・ムーンをうつしていて、大きな声が現在詐欺師を追跡中であることを告げ、ヘルラグ・ゾーンの訪問客全員に支援をもとめた。

万事休すだ。ここいる全員から追われれば、どんな知恵も役にたたない。

フェル・ムーンはすぐさま決断をくだした。

「二手にわかれよう」と宣言する。「わたしはゾーンの南に向かう。みんなはこのゾーン、および設計者と呼ばれるなにものかの情報をできるだけ多く集めてくれ。船内時間で四時間後に南で集合だ！」

フェル・ムーンはまたたく間に建物のうしろに消えていった。のこされた三名のハウリ人と一名のグラドはとまどいをかくせない。

「あのカルタン人には本当にあきれたね」ワキレインがつぶやいた。「われわれを置いて逃げてしまうなんて！」

ヒグホンは細い腕で通路の上のほうを指した。すくなくとも十を超えるロボットが下降してきて、機械的な声で降伏を呼びかけた。

「ここまでのようですね」ハウリ人のラウーンがいった。「おお、フェニックスよ、どうしてわたしはこの任務に参加したのか！」

ロボットの一団がまわりをとりかこみ、ラウーンらに身元の証明をもとめたがすぐに考えなおし、しばらくそこで待つように命じた。かなりの時間がたってから、一名のヴァアスレ人が単独でやってきて、自由商人たちを探知機で調べはじめた。

「なにがしたいんだ？」ノールンがいらだたしげにたずねた。「わたしたちはなにもしていない。ここの機械を見ていただけだ」

「なぜそのような質問を？」が答えだった。「なんでも知っているくせに。目的はわかっていますよ。われわれをためしているのでしょう。あなたがたの遺伝的な親族に会ったら、よろしくお伝えください！」

その言葉をのこして、そのヴァアスレ人はロボットとともに去っていった。

自由商人たちは茫然と立ちつくした。

「なんなんだ、ここは？」ヒグホンが漏らした。「理解できない！」

＊

かれらは、かつて死にゆく宇宙タルカンからハンガイ銀河の脱出を指揮したカンサハリヤこと〝二十二同盟〟にならって、〝七同盟〟を意味するカンサハイーハを組織していた。

カンサハイーハは《バルバロッサ》に搭乗している七種族のメンバーで構成されていて、グラドとテフローダーをのぞく五種族はすべてハンガイ銀河出身だった。

　どうも腑に落ちない。フェル・ムーンにはうまく説明できないが、矛盾があるように思えた。《バルバロッサ》は自由商人が、テフローダーの研究船三隻、実際には、サトラングの軌道を漂っていた研究船の瓦礫《がれき》をもちいて建造した。《バルバロッサ》というテラの名があたえられたが、テラナーは乗っていない。それどころか、ギャラクティカーもいない。グラドは銀河系の外にある星団の出身だし、テフローダーはアンドロメダが故郷だ。

　カンサハイーハ！　ばかばかしい響きだ、そう思うとカルタン人の口元が思わずゆるんだ。ふたつの領域のあいだにトンネルのような通路が見つかった。ありがたいことに地平線のほうへとのびていた。エネルギーは通じておらず、長さはおよそ一キロメートル。

　フェル・ムーンは前後からはさみ撃ちにされる危険を承知のうえで、そのトンネルに入った。その決断は正解だったようだ。追跡者の探知機から身をかくし、しかもトンネルの奥にある領域を自分の目で観察しながら、次の行動について考える余裕ができたからだ。

　フェル・ムーンのなかで、熱い怒りがこみあげてきた。

まずは西へ向かうことにする。西の方向にヘルラグ・ゾーンの端があったからだ。そこで何層にも重なり合ったゾーンが終わり、機械やユニットが雑然と集められていた。

そうこうするうちに、スーツのピココンピュータが、惑星の全体像を知るのに充分な量の通信を傍受していた。バシャールには住居はひとつもないようだ。この惑星は、極地の果てまで技術品の物流拠点だった。無線を通じて、大陸ほどの大きさがあり、惑星をまるまる基本素材に分解する能力のあるロボット集合体が宣伝されていた。この星では毎日取引が行なわれ、その量はネイスクール銀河全体の技術品取引の一パーセントを超える。

フェル・ムーンは一般にもちいられる周波数のすべてを走査した。機械と機械のあいだに入りこむ前に、すでに追跡者がメッセージと映像をやりとりするのにもちいる周波数も特定していた。どうやら、追跡者との距離もひろがったようだ。連中はいまだにどこかの層にいる。また、一部は北のほうへ向かった仲間たちを尾行しているらしい。そのさい、奇妙な行動をしめしていた。ほかの訪問客から四名の集団に関する情報がよせられるたびに、尾行者らはいったん撤退してまわり道をするのである。

だが、カルタン人には四名の部下にかまっている時間はなかった。ピココンピュータが飛行物体の接近を告げたので、フェル・ムーンは急いで機械と機械の隙間をめざして飛行体勢に入った。だがそのさい、ほんのわずかながら、体温が痕跡としてのこってしまった。微量とはいえ、熱も立派な手がかりだ。ネイスクールの生物たちの技術力をあなどっていたことを、フェル・ムーンは数秒後に後悔することになる。

飛行するフェル・ムーンの目の前に魚雷のようなかたちのミサイルが実体化したのだ。だが動いてはおらず、空中で静止している。ミサイルとフェル・ムーンのあいだに指名手配映像があらわれた。カルタン人は大あわてでヘルメットを閉じ、バイザーを反射させ、顔をかくした。

「本人であることを確認しました」いつものように、どこからともなく声が聞こえてきた。生物か機械かさえもわからないなにものかによって話しかけられつづけて、フェル・ムーンは怒りにわれを忘れそうになったが、どうにか自制した。

「なにが望みだ?」フェル・ムーンはいって、飛行速度を落とした。魚雷に向かってなめになるように滑空し、自分の顔の映像をすり抜ける。スーツがバチバチと音を発したかと思うと、投射映像は消えた。

「かなりの金額が未払いとなっております」が答えだった。「ただし、星系管理装置がまもなく実際に旧世代となることを理由に、経営陣は二十パーセントの割引を認めました。いずれにせよ、お客さまはご購入の意志を宣言いたしましたので、すみやかにお支払い手つづきをおすませください」

フェル・ムーンは笑い飛ばした。

「耳をもっと掃除しろ。わたしの声と、買うといった者の声をくらべてみろ。わたしではなかったことがすぐにわかるはずだ。管理装置を買ったのはべつのだれかだ。そもそも、あんな巨大な装置、わたしには必要ない！」

沈黙が支配した。二回、三回と呼吸したころ、突然魚雷のまるみを帯びた先端がぱかりと開き、ちいさな容器を握ったグリップアームが伸びてきた。どこからともなく声が告げた。

「申しわけございませんでした。お客さまは真実を述べておられました。このようなありえないミスをおかしてしまい、恐縮のきわみでございます。購入を宣言したのは、お客さまのお連れのかたでした。お連れさまの居場所を教えていただけますでしょうか？」

フェル・ムーンは断った。というより、ほかの四名がどこにいるのか、本当に知らなかった。

「謝罪のしるしとして、その容器をお受けとりください」声がいった。「ですがお急ぎください。それは不正に対する埋め合わせですので！」

カルタン人は静止した。そのいいまわしがどうも引っかかった。慎重にグリップアームに近づく。

そして突然武器を抜いて撃った。ピココンピュータが警報を発するのとほぼ同時の早業だった。容器が爆発し、防御バリアが燃えあがる。おかげで自由商人は爆発の被害をまぬがれることができた。フェル・ムーンは加速し、ミサイルの横を通り過ぎた。方向転換を三回くり返した。

「たしかに重力の罠だったんだな？」そうたずねると、ピココンピュータが肯定した。容器はモイシュにあった小惑星の施設やヴァアスレ人の船がやったのと同じようなフィールドを生成した。単純な罠だったのに、あやうく引っかかるところだった。

「ばかにするな！」フェル・ムーンはつぶやいた。「防御フィールドは展開したままにしろ。こんどはこっちの番だ！」

機械エリアをはなれ、いくつかの段差こみで長さ三キロメートル、地上二百メートルの高さで浮遊する施設をめざした。トランスレーターをもちいても無線コードの翻訳はできなかったが、またもや例の声が奇蹟のテクノロジーを賞讃しはじめた。

「古すぎる」フェル・ムーンが飛びながら答えた。「使いものにならない。バシャールではいつからこんなガラクタを売るようになったんだ。なにかがまちがっているぞ。監査人でも雇ったらどうだ」

「監督役がおりますので、お望みでしたら個人的にお話しください」

「そうか。なら、周波数を教えてくれ！」

「権限をおもちでないのですか？　申しわけございません。お客さまにはこれ以上なにも売ることができません！」

フェル・ムーンにはどうでもよかった。ふたたび無線通信に集中する。自分がいるのはヘルラグ・ゾーンにあるいくつかの施設のあいだで、すこし開けた場所だ。どこかにある管理局へ向けられたメッセージをいくつか傍受した。発信元はさまざまな方角に散らばっていたため、三角測量を何度かやってみる。そしてカルタン人は飛行の向きを変え、あらたな目標に定めた南西へと向かった。

ロボット飛行物体がついてきた。ほかにもときどき、どこからともなく物体があらわれて、フェル・ムーンを観察した。遠くのほうに生物が見えたような気がした瞬間もあった。だがそれは跡形もなく消え、赤外線エコーさえ検出できなかった。

そしていまになってようやく、ヘルラグ・ゾーンのその領域には一体の生物さえいないことに気づいた。つまり、ここには実際にだれもほしがらないガラクタしかないか、あるいは管理局が訪問客全員をこのセクターから追い出したかのどちらかだ。

フェル・ムーンはデフレクターを起動した。それがなにかの役にたつとは思えなかったが、すくなくとも生物の目からは姿をかくすことができる。

どこかでささやきフィールドが生じ、ていねいな言葉遣いでフェル・ムーンが監視されていること、その到着を待ちわびていることを告げた。フェル・ムーンもていねいに礼を述べながら、相手をあざむく方法を考えた。スーツに自分の姿を完璧にコピイした仮想イメージを生成する機能がないことが悔やまれる。だが、スーツという着眼点は悪くないかもしれない。

管理局が地平線にあらわれた。明るい赤色のピラミッドの基部に、パイプのようなもので立方体や球体が結びつけられている。それらは金色やグリーンに輝き、ピラミッドの頂点には黄色い鉢のようなものがあった。実際の建物はその鉢の内側に置かれていた。そこに無線通信が集まっていることから、そこにヘルラグ・ゾーンを、あるいはこの惑星全体をコントロールしているなにものかがいると考えられた。そしてそのなにものかは、フェル・ムーンの接近を許し、ピラミッドへの着地も阻止しなかった。フェル・ムーンが開口部のひとつをのぞきこむと、その先は行きどまりだった。そこに入って急いでスーツを脱ぎ、防御バリア用のちいさなジェネレーターとエネルギー銃だけを身につける。ピココンピュータにくわしい命令をあたえると、脱いだスーツがひとりでに閉じ、膨《ふく》らみ、そしてピラミッドの斜面に沿って上昇していった。フェル・ムーンは恒星タイブロンのまばゆい光に目を細めながら、しばらく待った。監視の目がスーツに向けられ、自分はだれからも見られていないと確信して、ようやく動きはじめた。何キロメートルもの長さを誇るピラミッドの底辺に沿って飛ぶその姿は、ちっぽけな点にしか見えない。いくつかの開口部を通り過ぎてようやく、自分の目的に最適な場所を見つけた。自分の身長よりもわずかに大きいだけのまるいハッチだ。まわすだけでかんたんに開いた。内部に入り、暗闇のなかで感覚を研ぎ澄ませる。ハッチを閉じ、移動を開始した。このピラミッドの建設時に生じたものだろう。そこはおそらく、不要になったセキュリティシャフト、もしくは輸送用シャフトだと考えられた。軽く下降している。十五分は歩いただろうか、フェル・ムーンは行きどまりにたどり着いた。シャフトの端を手で触れてみると、最初のハッチと同じような感覚があった。まわしてみると、ロックがはずれた。そのハッチは外向きに開き、床にぶつかって音を立てた。フェル・ムーンはその音に聞き耳を立てた。床は開口部の下、半メートルもはなれていない場所にあった。

穴から這い出し、立ちあがった。そこも真っ暗で、空気もよどんでいた。

突然、フェル・ムーンはぎくりとした。耳のそばでささやく声が聞こえたのだ。

「アラバル！　オクヴァス・イトール。ヘルラグ・アルヴォウ・ヴァウデーレ！」

フェル・ムーンはたまたまその言葉の意味をおぼえていた。スーツとトランスレーターのない状況では、会話することはできなかったが、友として機械ホールにくるように誘われたことはわかった。同時に、光がともった。まばたきをするフェル・ムーンの目は、瞳孔《どうこう》が細く収縮した。ぐっとかがみこんでから、その空間の奥のほうへとジャンプする。すると前方に光のカーテンがあらわれた。もはやよけることはできない。まわりが消えたかと思うと、目の前に鉢のようなかたちをした空間があらわれた。転送機から吐き出されたフェル・ムーンは、拘束フィールドに捕らえられ、一メートルの空中につるされた。ネイスクール銀河の在来種族の代表者が何名かいて、見つめている。そしてどこからともなく響く謎めいた声がフェル・ムーンの運命を告げた。

「第一の転路係がちいさなグループを引き連れて、すでにここに向かっています。かれらにあなたの身元を証言してもらいましょう。あなたのスーツはすでに受けとりました！」

実際、カルタン人の戦闘用スーツは壁にかけられていた。しばらくすると、その下にあった幅広のドアが開いた。

パステルカラーのマントをまとったヴァアスレ人が入ってきて、その背後にグラド一名と三名のハウリ人がつづいた。

「かれだ」ヒグホンがいった。「まちがいない！」

「わかりました」ヴァアスレ人がいった。「運営局はあなたがたに対する損害賠償請求はとりさげます。あなたがたは、われわれをためす意図で、あなたがたの親族からここに送りこまれたのでしょう。そのさい、カムフラージュとして、ネイスクールには在住しない種族を数名連れてきた。わたしどもにははじめから、モイシュにまつわる話がただのつくり話であることがわかっていました！」

拘束フィールドが解かれ、フェル・ムーンはゆっくりと床におろされた。スーツも漂ってきたので、フェル・ムーンは急いで着用した。スーツを閉じた瞬間にピココンピュータが稼働したことを知り、ほっとため息を洩らす。そして断固とした表情で、ヴァアスレ人に歩みよった。

「ここでつくり話をしているのがだれなのか、そのうち明らかになるだろう」そして、こう宣言した。「モイシュはスヴェルダイスタではないし、スヴェルダイスタになることもない。カンタロがそうさせない。さて、カンタロはどこにいるのか？　このタイプロン星系にまちがいなく一名はいる。わたしが見つけてみせる！」

「わたしどもはその名の者にまったく心あたりがございません。なぜ、自分の親族にたずねないのですか？」第一の転路係が問いただした。

いい返そうとした瞬間、フェル・ムーンはふたたび転送フィールドにつつまれ、気づいたときには搭載艇モジュールのすぐそばに転位していた。四名の同行者もそこにいた。

「親族とはなんのことだ？」ののしるようにいった。「だれのことだ？」

「わかりません」ヒグホンが答えた。「ですが、あなたやワキレインのことではなく、わたしたちハウリ人を指していることはたしかです。しかし、ハウリ人がネイスクール銀河にいたなんて話は絶対にありえません！」

＊

ただ追放しただけだった。なんの連絡も通達もない。ただし、バシャールを発ってからも監視はつづいていると考えられた。

フェル・ムーンは気にしなかった。モジュールを第五惑星ジアルーンに飛ばし、高台に着陸した。探知したところで、たいした情報は得られなかった。惑星全体が農地として利用されていて、この銀河のこの領域で食されるあらゆる食品が生産されているようだ。

大型船のわきに着陸したシリンダー型搭載艇の外に、ちいさな集団があらわれた。一名、また一名と、無から出現する。

フェル・ムーンの見たこともない種族がすくなくとも四名はいた。ヴァアスレ人とアイスクロウはいなかったが、バシャールで目撃した種族がいくつかふくまれていた。

「歓迎委員会ですよ」キル・シャンがいった。「こちらからはだれを送り出しましょうか？」

鋭い質問だ。三つの酸素惑星のすべてを訪問すると決めてから、今回の遠征に参加した全員が、どこかの惑星で地に足をつけることができると約束してあったのだ。

フェル・ムーンは三名のテフローダーに合図を送り、くわえて、バシャールでは船内にのこった唯一のハウリ人にも声をかけた。さらにグラドを二名連れていく。ハッチを開けさせ、先頭を切って外に出た。フェル・ムーンは自由商人の祝祭用のローブをまと会のいるほうへ進んだ。

フェル・ムーンは着陸フィールドにおりたつやいなや、堂々とした足どりで、歓迎委員い、同行者もそれにならっていた。見た目だけでいえば、色彩豊かで立派な代表団だ。

「ようこそおこしくださいました。ジアルーンでは無用な誤解が生じぬよう、わたしどもが力をつくします」ちいさな根っこのような生物がしわがれた声でいった。「わたしはデデベデルでございます」

デデベデルは手のようななにかを動かしてなにかをしめしたが、マントにおおわれていたため、その意味はわからなかった。その生物だけがほかの委員からはなれ、七名に近よってくる。全員に順番に触れ、甲高《かんだか》い口笛を鳴らして、一歩退いた。

「もちろんみなさまはゲストでございます」デデベデルは説明した。「どうぞこちらへ」

「わかった!」フェル・ムーンはそれ以上なにもいわないことにした。ちっぽけな根っこのうしろを歩くと、ほかのメンバーもついてきた。歓迎委員会のほかのメンバーは消え去った。一方、デデベデルだけがあとにのこった。鋭く切り立った高台の端に歩みより、縁で立ちどまった。そして自由商人らが追いつくのを待つ。節《ふし》のある触角を眼下にひろがる惑星の大地に向けた。

「ジアルーンには農業しかないのか?」下に見える緑の畑を指してフェル・ムーンがた

ずねた。「この大地の地下には高度な施設がかくされているのだろう！」

「まったくもってゼロでございます！」トランスレーターがデデベデルの答えを伝えた。

「高度な技術をおもとめでしたら、バシャールへおもどりください！」

「そのバシャールからきたのですよ！」ハウリ人のクエルがいった。「なのにバシャールへいけと？」

「みなさまはお客さまでございます。なんなりと、ご要望をお申しつけください！」根っこがいった。デデベデルの身長は、多く見積もって八十センチメートルといったところだろう。「あ、お待ちください。なんと、トランスポーターがやってきたようです！」

走査機はなにもしめしていなかったが、フェル・ムーンのマントの詰め襟に仕こまれたセンサーが巧妙に遮蔽《しゃへい》された微弱なエネルギー・フィールドを検出した。黒い毛皮の帯に織りこんだ銀色の糸がかすかに振動し、ピココンピュータを搭載したベルトが警報を鳴らしたが、その警報は数秒後にやんだ。すばやく手を伸ばし、爪の先でセンサーを二回たたいてみる。ベルトは完全に機能しているようだ。

「ご要望はおありでしょうか？　お客さまのよろこびは、わたしどものよろこびであります！」自称委員長がつづけた。「ございませんか？　でしたら、なにをお見せするかは、わたしにおまかせください！　みなさま、どうぞもっと近くへ！」

一行がその指示にしたがうと、次の瞬間、トランスポーターが全員を持ちあげ、強烈な加速とともに、高台の向こうにある平野へと急降下した。緑の畑は輪郭をなくし、ときどき、細い金属性の水路が道路のように緑のあいだを貫いているのがおぼろげに見えた。

しばらく夜になったかと思うと、金色に輝く穂の海が目の前にひろがった。そのとき、フェル・ムーンの目が遠くの野原にそびえる塔をとらえた。

「あそこへ」すぐに叫んだ。「あの塔へ!」

トランスポーターは方向を変え、デデベデルがささやいた。

「すばらしい選択です。あの塔はわたしの故郷、わたしが育った場所でございます。お客さまがあの塔に興味をしめすと予想しておりました!」

「なぜそう思った?」

「みなさまは成果をお知りになりたいのですよね?」

フェル・ムーンは同行者に黙るようしぐさで伝え、自分は考えこんだ。バシャールで何度も聞いた親族という言葉、そしてここではなにかの成果。このふたつから、自分たちはだれかと勘違いされているのではないかと思えた。そして、それにはハウリ人が関係している。

カルタン人は湧きあがるいやな予感を押し殺した。探しているのはカンタロの手がかりだ。それ以外のことはどうでもいい。だれにもじゃまをさせはしない。

トランスポーターが塔の前で一行をおろすやいなや、濃いブルーの壁面に入口が開いた。デデベデルが先導し、なかの部屋を見せる。どの部屋も例外なく栽培室で、さまざまな植物種の苗が育てられていた。その数階上には研究室がならび、その上にデデベデルのちいさな住居があった。

「ここにあるのは、この惑星の畑に必要なものばかりでございます」根っこ生物が説明した。「この塔はもっとちいさくてもいいのでは、施設をもっとコンパクトにできるのでは、とお思いでしょうか？　技術的にはすべてを刷新することも可能なのですが、わたしどもは植物の生長を妨げたくないのでございます。自然はこの塔に慣れています。変えたり、なくしたりする理由がありましょうか！」

「地面の下、地下施設を見せてくれ！」フェル・ムーンが迫った。根っこの全身が小刻みに震えはじめる。右へ左へとよろめき、コンソールにもたれかかった。

「このジアルーンにそのような施設はございません、お客さま」口笛のような声でいった。「この惑星は原始のままの状態です。ここはタイブロン星系の穀物庫。わたしどもが二百もの惑星に食糧をとどけているのです」そういってすべての触角をカルタン人のほうへ向けた。「あなたも、あなたのお仲間も、それをご存じでしょう。どうです、わたしどもはすべて正しくやっておりますでしょうか？　指示されたとおりにやってきたつもりです。これ以上の収穫は望めません。それに、遺伝変化も起こしておりません。あなたがたの親族から警告されていたからです。ご満足いただけたでしょうか？」

「ああ」同行者の驚いたことに、フェル・ムーンはうなずいた。「だが、栽培室をもういくつか見せてもらおう！」

デデベデルは率先して塔の内部を案内した。あまりに熱心だったため、フェル・ムーンが突然いなくなったことにも気づかない。何度も親族という言葉を発し、その親族とやらが努力の成果をたしかめる目的で視察団をジアルーンに派遣したのだろうとたずねた。一行を代表してクエルがそのとおりだとだけ答え、深入りするのは避けた。さらに三つの栽培室を観察したころ、フェル・ムーンがもどってきた。その表情には明らかな不満が浮かんでいた。

「なにもない」フェル・ムーンはささやいた。「痕跡のひとつも見つからない！」そして根っこ生物に向きなおった。

「いつわれわれの親族が苗をもたらした？」と問いかける。

「すでに何度も。いまでも、たまにここへやってきては、進歩ぐあいをたしかめます。どうかお教えください。わたしどもには本当にすべて正しくできているのでしょうか？」

「もちろんだ。申し分ない。われわれの知らせを聞けば、親族もよろこぶだろう！」

「ええ、わたしどもはまだ一度たりともアノリーを失望させたことがございません！」デデベデルが誇らしげにいった。「あと二回か三回の収穫期が過ぎれば、かれらはまた実験にもちいる新しい植物の種を積んだ船をよこしてくれるでしょう。待ち遠しくてしかたがありません。みなさま、サンプルはご必要でしょうか？」

「ああ」フェル・ムーンはいらだたしげに口元をゆがめた。ありがたいことに、根っこ生物には表情を読む能力はないようだ。「そのサンプルはカンタロに引き抜かれたのか？」

「だれでしょうか？」

「カンタロ、あのモジュール生物だ。知っているだろう。それとも、バシャールにあるたくさんのモジュールを見たことがないとでもいうのか？　知っているはずだ。タイプロン星系には、すくなくとも一名のカンタロがいるはずだ！」

デデベデルはおちつきなくからだを揺らした。たくさんの発芽タンクに触れ、そのうちのひとつを開けて温度をたしかめ、芽の状態を確認する。

「思い違いでございます」大声でいった。「この星系にはモジュール構造物などございません。カンタロという名も聞いたことがございません。見たこともありません！」

「半分が自然で、半分が人工の合成生物だ！」カルタン人は根っこに思いださせようとした。「本当に知らないのか？」

「本当です。ですが、おっしゃりたいことはわかりました。アノリーがそのような生物を探しているのですね。そのような者はタイブロン星系にはけっして存在しません。惑星ガイランの管理施設でさえ、そのような存在のことは知らないでしょう」

「その施設というのは、どのぐらいの大きさだ？」

「かなりのひろさで、そこがタイブロン星系におけるありとあらゆる事柄を管理しています。例外はバシャールのヘルラグ・ゾーンだけです。ヘルラグ・ゾーンには独自の管理システムがあるからです」

「そうか。よくわかった。恩に着るぞ！」

自由商人たちが早足で塔を出ると、デデベデルがへいこらとついてきた。

「どちらへ？　みなさまは、惑星の反対側にある藻類の畑をまだごらんになっていません。見逃してはなりません！」

フェル・ムーンは立ちどまった。「いいだろう。だが、急いでくれ！」

すでに待機していたトランスポーターが、一行を一度の転送で惑星の反対側にもたらした。そこはちょうど朝日が昇ったばかりだった。空中から眺める眼下には、巨大な海がひろがっている。直径はすくなくとも千キロはあると思えるが、深さは十メートルにも満たない。その表面は、格子状に区画されていて、さまざまな海藻類が栽培されていた。しばらく眺めたあと、カルタン人が搭載艇モジュールのある高台へもどるよう要請した。

「きみたちの働きには感心した」フェル・ムーンがデデベデルを褒めた。「われわれの報告を聞けば、アノリーもよろこぶだろう！」

「本当に話していただけますか？」根っこ生物はうれしそうだ。「心より感謝しております。旅のご無事を！」

トランスポーターが自由商人一行をシリンダー型搭載艇の横におろした。デデベデルは目に見えないフィールドの力で空中高く舞いあがり、どこへともなく消えていった。

全員、キル・シャンが開けた前方のハッチから搭載艇に乗りこみ、司令室に向かった。

「ここにはいませんでしたね」クエルがいった。「ですが、手がかりは得ました。さあ、ガイランへ！」

4

《バルバロッサ》はピーリロンから二光日の場所に陣取った。搭載艇モジュールが惑星バシャールに無事着陸したのを見とどけたあと、ヘイダ・ミンストラルはブラックホールを調査することに決めたのである。フェル・ムーンが連絡してくるまで、タイブロン星系にもどるつもりはない。

ピーリロンはきわめて大きなブラックホールだった。太陽質量は八、事象の地平線の直径は四十八キロメートルだ。

「イムプランツ、どう思いますか？」船長は探知機を操作するグリオルにたずねた。イムプランツはぎこちない動きで振り返った。

「このようなブラックホールがブラック・スターロードとして利用可能なのか、不明です」と、説明する。「すくなくとも、タイブロン星系が辺境にあるにもかかわらず貿易において重要な役割をはたしているということ以外に、ブラック・スターロードの可能性を示唆《しさ》するヒントは見つかっていません。行き交う船の数は数千ユニット。これまでのところ、この星系をはなれて銀河中心のほうへ向かったのは数隻だけで、それらはこのブラックホールを使いませんでした」

「それでも、結論づけるにはまだ早急です。この星系の無線通信の内容が、ブラックホールの使用をほのめかしています。ピーリロンがスヴェルダイスタと、つまり死んだスターロードと呼ばれたことが、まだ一度たりともないのです。ですから、ピーリロンはラージムスカと呼ばれる開いたスターロードであると考えるべきでしょう」

「それに、このブラックホールはザイムと共鳴しています！」背後からくぐもった声が聞こえた。ヘイダ・ミンストラルがシートを回転させると、アンタムがレム・タ・ドゥルカを連れて司令室にきていた。

「なにがいいたいのです？」ヘイダがたずねた。

「ブラックホールに近づいたことで、ザイムに変化があらわれたのです」グリオルのアンタムがいった。「これまでよりもはっきりとメッセージを発しはじめました」

「どんなメッセージを？」

「ボールのような、あるいは惑星のようななにかのおぼろげなイメージをしめし、共通語ネイスカムの単語をささやくのです。ギムトラあるいはサムイールと。それらがなにを意味するのかはわかりません。わたしの考えでは、ザイムはこの銀河と共鳴するようにできていて、強い放射があればそれをひろいあげるのだと思います」

「なら、その線で観察をつづけてください、アンタム」ヘイダ・ミンストラルはいった。

＊

フェル・ムーンはののしった。目の前に防御バリアが張られ、搭載艇モジュールでは通過できなかったからだ。カルタン人はそのシリンダー型搭載艇を上方へ向け、大気圏の上層へと飛んだ。搭載艇はミサイルのように弧を描き、ふたたび下降をはじめる。

「MVH砲の準備を!」フェル・ムーンがキル・シャンに叫んだ。《バルバロッサ》の火器管制チーフが短く返事する。この搭載艇モジュールに、サーモブラスター、分子破壊砲、パラライザー、インターヴァル砲からなるコンビ砲が搭載されているのは、フェル・ムーンの尽力のおかげだった。

《バルバロッサ》副長の目は走査機と距離計に向けられていた。

現在、防御バリアの上空六キロメートル。惑星表面の施設は見えなくなった。

「すぐそこだ」フェル・ムーンがわめく。「はっきりと感じるぞ。これ以上明らかな証拠があるか?」

「思い違いではないのですね?」ワキレインがきいた。カルタン人はうなずいた。

「まちがいない」と、答える。「さっきまではあんなに親切で礼儀正しかったのに、いまはこれだ。だれかがわれわれのことをずっと見張っていて、いまになって追い出そうとしているのだ。いくぞ、撃て！」

ＭＶＨ砲は搭載艇の下およそ一キロメートルの距離にあるバリアに向けて破壊的なエネルギーをはなちはじめた。搭載艇は発砲しながら、いまもほぼ直角にバリアに向けて突進している。

だが、なにも起こらない。惑星ガイランに張られた防御バリアはびくともせず、四百メートルの距離に近づいた時点でキル・シャンは砲撃をやめなければならなかった。反射エネルギーが搭載艇モジュールのバリアを破ってしまう恐れがあったからだ。フェル・ムーンは搭載艇モジュールをバリアに対して平行になるように操縦し、ＭＶＨ砲を冷やした。

「突破できません」ヒグホンがいった。「このバリアが惑星をすっぽりとおおっているのなら、なにか違う方法を考えないと。待って、あれを見てください！」

突然、防御バリアが消滅した。無線通信がつながり、メインスクリーンの下の小型モニターに、ヴァアスレ人特有の昆虫の顔がうつしだされる。

「いまのは自動防衛システムでございます」第一の転路係がいった。「みなさまとは関係ございません。ジアルーンから知らせがとどきました。みなさまを歓迎いたします。タイブロン星系の最高指導者がみなさまをお出迎えいたします」

「わかった。誘導ビームをたのむ。着陸する」フェル・ムーンは手短かに答え、すぐに通信を切った。ビームがモジュールを誘導しているあいだ、カルタン人はパイロットシートを回転させ、クルーたちをじっと眺めた。

「時間稼ぎだったにちがいない」ささやくようにいった。「わかりやすいやり方だ。そうこうするうちに、カンタロは痕跡を消してどこかへ身をかくしたのだろう。そして自分のことを知らないだれかに、あとをまかせる。で、ここの連中より技術的には劣っているわれわれにはどうすることもできず、目標も達成できないというわけだ。この星でも惑星バシャールと同じ作戦でいこう。着陸したら、二手にわかれる。キル・シャンひきいるグループが代表団としてヴァアスレ人に対応する。その一方で、わたしはちいさなグループを連れて、地下の施設に侵入する」

だれもその作戦に反対しなかった。フェル・ムーンはトーレン・ベンクとヒグホンを同行者に指名した。三名は色鮮やかなコンビネーションを脱ぎ、地味ではあるが使い勝手のいい戦闘用スーツで満足した。

搭載艇モジュールはガイラン上空をおおう雲の屋根を抜け、地表の施設に向かって滑空していた。そこから見える施設は、惑星の自転の方向に沿ってのびる長い山脈のようで、ほかの部分の風景とは明らかに趣《おもむき》が異なっていた。バリアはもうどこにもない。探知機と走査機がもたらすデータによると、地上での見た目からは想像しがたいほど巨大な施設が地下にあるようだ。

　そしていよいよ、シリンダー型搭載艇は広大な複合施設の屋根の上にある開けた場所に着陸した。まわりでオレンジ色のスーツを着たアイスクロウたちが実体化した。それを見たフェル・ムーンが、歯の隙間から息を吐き出す。

「みんな、わかるか？」ほとんど聞きとれないほどの小声でいった。「われわれはライオンの巣穴に落とされたんだ。あいつらは外でなにを叫んでるんだ？」

キル・シャンが搭載艇モジュールの防御バリアのスイッチを切るやいなや、一名のアイスクロウが司令室にあらわれた。

「ヌルマ！」その者は叫んだ。「ヌルマ・ガイラン！」

「わかった、わかった」フェル・ムーンは大声でいった。「アイスクロウ・ガンマ。きみらは入植者だな？」

「もちろん入植者でございます。ですが、あなたがたの親族にはふくまれません」そういって感覚器官をテフローダー、そしてハウリ人のほうに向けた。「あなたがたはアノリーの一支族で、ですからここにいらっしゃったのでしょう。わたしのいちばんの願いは、一度でいいからアノリーの支配圏をこの目で見ることだとご存じでしたか？」

「その夢ならかなえられるかもしれない」ヒグホンが答えた。その声には驚きがふくまれていた。「一支族といったのか？　だが、そこは二支族というべきだろう。きみの名は？」

「メウラプブ、みなさまの案内役でございます。これからみなさまをディラコンのもとにお連れいたします！」

「ディラコン？」フェル・ムーンの頸筋の毛が逆立った。

「その名をご存じですか？　ええ、ディラコンの名はタイブロン星系を超えて知られております。お気をつけください。フィールドが起動いたします！」

その瞬間、そこにいた全員が非実体化した。フェル・ムーンの最後の考えは、これでひそかに地下に侵入するという計画はしばらくおあずけになった、だった。

転送された先はひろい円形ホールで、たくさんの大きめの小部屋があり、どの小部屋にもすわる場所があった。しずかな音楽が聞こえてくる。メウラプブが先頭を滑空し、速度をあげていった。一行はメウラプブについて行くのがやっとだった。アイスクロウは一行をホールの中央に導いた。そこでは一本の光の柱が床から頭上の丸天井の頂点にまでのびていた。その光柱の前でフェル・ムーンは立ちどまった。

「われわれをどこへ連れていく気だ？」とたずねる。

アイスクロウはフェル・ムーン一行のまわりを一周してよく動く腕を打ち合わせた。たたくような、はじけるような音がしたかと思うと、メウラプブがくぐもった声を発した。トランペットのかたちをした口吻《こうふん》が動いた。そこが発声器官なのだ。

「すでに申しましたように、タイブロン星系の指導者、ディラコンのもとへご案内いたします。みなさまは、ディラコンの客人でございます！」

この第四惑星で客人という言葉にどんな意味があるのかはわからないが、一行には招待に応じるほかにできることはなかった。フェル・ムーンはなにかをつぶやきながらエネルギー銃の銃把《じゅうは》に手を置き、光の柱に足を踏み入れてあたりを見まわした。メウラプブとのこりの自由商人がそれにつづく。全員が肩よせ合って光柱に入ったとき、ノールンが不満を漏らした。

「満員なのがわかっているのに、この柱は拡張しないのか？」

「アルバリ、もっともなご質問です」と、アイスクロウから聞こえてきた。光の柱は音波を外に漏らさないため、自由商人たちは耳がほぼ聞こえなくなった。「機会があれば、この問題を提起いたしましょう。ほとんどの場合、この柱は個人で使うのでございます！」

足の下の床が動きはじめた。下降がはじまったが、光は消えなかったので、一行は自分たちが移動しているチューブを見ることができた。チューブにはところどころ切れ目があり、そのたびにチューブの外にある空間や部屋をぼんやりとではあるが、垣間見《かいまみ》ることができた。下降は二分、距離にして四キロほどつづいた。停止すると、アイスクロウが柱の端に立った。

「ノチョイス、到着しました！」という。「今回、転送機を使わなかったことを不思議にお思いでしょう。ディラコンはセキュリティに細心の注意をはらっているのです。なにしろ、コントロールシステムはきわめて高価ですから！」

「それに、バシャールで売っている星系管理装置よりも新しいんだろうな！」ノールンがいやみをいった。「どうなんだ？」

メウラプブはその問いには答えず、光の柱を出てフォームエネルギーでできたドアを指した。ドアが一瞬で消える。その奥にはけばけばしい色の部屋があった。

「ディラコンでございます！」メウラプブがいった。

バアのカウンター席のようなシートに一体のヴァアスレ人が腰かけていた。その左右に二体の浮遊ロボットがいて、カラフルな布を振っている。ディラコンに向けて風をあおっているようだ。

フェル・ムーンが前に出た。

「ディラコンだな？」大声でたずねる。「ヴァアスレ人なのか？」

「ほかにだれがいますか？」そのヴァアスレ人はか弱そうな腕をさげた。「それとも、第二の転路係を恒星系の指導者にするとでも思ったのですか？」

カルタン人は、なにをどう思えばいいのかさえもわからなかった。ディラコンこそがカンタロだと予想していたからだ。フェル・ムーンは生唾《なまつば》を飲みこみ、手をエネルギー銃にかけた。

んでいる?」

「カンタロはどこにいる」と叫んだ。「なんのために防御バリアがこの惑星をとりかこんでいる?」

「カンタロとはなんのことでしょう?」ディラコンが問い返した。「その名は聞いたこともありません。防御バリアはこの地の施設を守るためのものです。ここがブラックホール・ピーリロンからあまり遠くはなれていないことをお考えください。ときどき、ピーリロンからタイブロン星系までいっきに飛んできて、干渉フィールドを解除するのを忘れる宇宙船があるのです。この第四惑星ガイランにある施設は敏感かつ貴重ですので、そのような危険にさらすわけにはいきません!」

フェル・ムーンが口元をゆがめると、唇が薄くなった。ヴァアスレ人の主張をそのまま受け入れる気にはなれなかった。ネイスクール銀河に生きる種族が本当に高度な技術を支配しているのなら、干渉フィールドの問題ぐらいどうにでも解決できるはずだ。

「なるほど、そのようなセキュリティはたしかに必要だ」フェル・ムーンは嘘をついた。「だが、違う点では、われわれはあなたをがっかりさせることになる。そこのアイスクロウが、われわれはあなたの客人だといったが、われわれは急いでいるので、長居はできない。この点、理解してもらいたい!」

ディラコンはわずかに姿勢を変えた。合図を送ると、両わきのロボットが布を振るのをやめた。

「アノリーがあなたがたをジャウックロン星系で待ちわびているのでしょう。ええ、わかりますとも。かれらはあなたがたの報告を必要としていますから。そして、その報告にきっと満足していただけると、保証しましょう」

フェル・ムーンの瞳孔が一瞬でひろがった。目の前のヴァアスレ人がそこまで情報を明かすとは思ってもいなかったのだ。しかるに、フェル・ムーン一行はいまだに怪しげなアノリーの親族あるいは支族とみなされているということになる。カルタン人は、もしかするとそうした言葉は特定の種族を意味するのではなく、ヒューマノイド全般を指すのではないかと思った。ジャウックロン星系という名が出たということは、アノリーというのはひとつの特定種族のことだと考えられる。

しかも、かなり重要な種族にちがいない！

「カンタロという名を本当に聞いたことがないのだな？　施設の記録にもないのか？」

「あれば知っているはずです！」

これではっきりした。フェル・ムーンにはそれ以上時間をむだにするつもりはなかった。いまでさえすでに、タイブロン星系に長居しすぎたほどだ。星系に住まう種族の高度な技術に圧倒されて、これまで自分の持ち味を発揮できていなかった。だが、それももう終わる。こんどはこっちの番だ。

カンタロの痕跡を見つけるという目的ははたすことができなかった。

だが、それもそのうちどうにかなるだろう。

フェル・ムーンは同行者に指示をあたえてから、もう一度ヴァアスレ人に顔を向けた。

「見たいものはすべて見させてもらった。おもてなしに感謝している。きみの名はけっして忘れないだろう。だが、いまはすぐにでも船にもどらなければならない！」

「友や知り合いに会うのは、いつも大きなよろこびであります。アノリーのみなさまにもよろしくお伝えください！」

ディラコンの姿が消え、カウンター席だけがのこった。フェル・ムーンは振り返り、アイスクロウをにらみつけた。

「失礼な別れ方だ」という。「さあ、光の柱へ！」

「メイスセル！」メウラプブが叫んだ。「メイスセル！」

〝おとな〟と、いった程度の意味で、アイスクロウがヴァアスレ人のことをいうときによく使う言葉だ。どことなく軽蔑的な響きがしたので、フェル・ムーンは自分がアイスクロウから悪口をいわれたような気がした。

それでもなにもいい返さなかったのは、人柄からではなく、急いでいたからだ。すぐにでも《バルバロッサ》にもどりたかったのである。

＊

ヘイダ・ミンストラルの目に嘲笑が浮かんだように見えた。それとも、それはただの思いこみだろうか？　船長はシントロニクス結合体と話していて、面と向かって話したわけではないので、フェル・ムーンには答えはわからなかった。

これがいやだったのだ。こうなるのがわかっていたからこそ、《バルバロッサ》にもどったフェル・ムーンは、司令室にいる船長のテフローダーに報告をする前に、自分のために特別にしつらえさせたトレーニングルームへ向かって、ひと暴《あば》れしなければならなかった。司令室にもどった時点で、ヘイダはほとんどのことをすでに知っていた。そのことは、司令室にいるクルーの態度からわかった。

それなのにヘイダはいやみのひとつもいわなかった。じっと話を聞き、こうコメントした。

「あなたには、自分で結論を出せるだけの経験があります。わたしたちがカンタロとスヴェルダイスタについて手がかりを見つける可能性は低いでしょう。なにも知らないのは、あるいはなにも知らないふりをしているのは、ヴァアスレ人とアイスクロウだけではないはずです」

フェル・ムーンは目を光らせ、腕を組んでなにかを答えようとしたが、ヘイダがさえぎった。

「フェルマー・ロイドとラス・ツバイのことは忘れなさい。ヴァアスレ人は対策を立てていますし、だれかが思考を読んだり、テレポーテーションで追跡したりするのを許さないでしょう」

フェル・ムーンはあえてなにもいわなかった。しばらくのあいだヘイダを見つめ、彼女がもうひとことつけくわえるのを待った。

ところがその期待さえ裏切られた。フェル・ムーンは賭けに負けたのに、ヘイダはそのことにさえ触れなかった。フェル・ムーンは貿易拠点であるタイブロン星系の圏内でカンタロがかならず見つかると思っていた。ディラコンはすべてを明かさなかったといまも信じている。

親族や支族という言葉をどう理解すればいいのか、フェル・ムーンにはわからなかった。ハウリ人とテフローダーがそれにふくまれることはたしかだ。だが、アノリーとはなにものなのか？　ジャウックロン星系とはどこにある？

フェル・ムーンは左手をマッサージした。痙攣はおさまり、痛みもなかったが、どうも気になる。次の機会にグリオルのアンタムのところにいき、調査のためという理由でザイムを奪おうと心に決めた。アンタムとレム・タ・ドゥルカに避けられていることは、帰船してすぐに気づいた。

マッサージをやめ、シートに腰かける。顎が胸に触れるまで頭をさげ、目を閉じた。考えこむふりをしながら、そのじつ、考えを頭から遠ざけようとした。司令室にいたほかのクルーはブラックホールの観察と物理的およびハイパー物理的測量に集中していた。

そのときだ、船があらわれたのは。

正体不明の宇宙船があらわれたと同時に、探知機が警報を鳴らした。一瞬ですべての走査情報が消え、探知機も最小限のエネルギーで活動した。ピーリロンの事象の地平線上にあらわれたそれは、ヴァアスレ人とアイスクロウのスティレット船によく似ていた。胴体部分が長いそのようすは昆虫を思い起こさせるが、船尾の主面に半月形のアーチが垂直に立っているので、棒かなにかで半月を突き刺したかのようにも見える。船の長さは四百メートル強。

《バルバロッサ》の司令室を静寂が支配した。だれもがなにかを恐れたが、なにも起こらなかった。イムプランツは微動だにせず、なんの報告も発しない。無線通信と探知を調整するシントロンでさえ黙りこんだ。

「本船が狙われているわけではなさそうです」しばらくしてから、ヘイダがいった。

「もう二分が過ぎましたが、あの船は針路をたもっています。そして、目的地はタイプロン星系ではない！」

「追え！」フェル・ムーンが叫んだ。おちつきなくからだを動かす。狩猟本能に火がついたのだ。シートから飛びおりて命じた。「この機会を逃しちゃだめだ！　船長、あの半月船を追いましょう！」

その瞬間をもって、見知らぬ船に名前がついた。スクリーンから船が消えるやいなや、それを指しながらヘイダ・ミンストラルはほほえんだ。

「どうやって追うつもりなのですか？　見つからなかったことを、よろこぶべきでしょう！」

「ですが、もしあれが、かのアノリーの船だとしたら？」

「さっきまではカンタロで、こんどはアノリーですか！」ヒグホンがつぶやいた。「ろくなことじゃない！」

フェル・ムーンは口をぎゅっと閉じて黙りこんだ。

ヘイダはいまも笑っている。

「もちろん、あの船を追いましょう」といった。「フェル・ムーン、あなたが操縦しなさい。針路はわかっているのですから、とにかく引きはなされないように！」

カルタン人はすぐに作業にとりかかった。《バルバロッサ》は半月船が向かった銀河中心の方向へ船首を向け、速度をあげた。半月船が姿を消したあたりで、《バルバロッサ》もハイパー空間に突入した。

＊

グリオルのアンタムはレム・タ・ドゥルカのキャビンに入った。待っていたプランタ人は長い腕を伸ばしてキャビンの反対側の角にあるちいさなテーブルを指した。

「わたしがきみのためにできるのは、テーブルを貸すぐらいだよ!」まるでザイムを驚かせたくないかのように、レム・タ・ドゥルカは小声でいった。

アンタムはゆっくりとからだを揺らしながら進み、その物体を合成素材の表面に置いた。そして、それをじっと見つめてから、プランタ人に横にこいという。

「おちつきがないな」レム・タ・ドゥルカがいった。「なにかあったのか?」

「ザイムの声がどんどん大きくなっていくんだ。どう解釈すればいいのだろう!」

テーブルの前で肩をならべる。レム・タ・ドゥルカはアンタムと同じ高さになるように身をかがめた。

アンタムが前肢を近づけると、ザイムはそれに反応して光を発した。両者は目がくらんだ。視界がもどってきたとき、ザイムは明るい色で輝いていた。

グリオルは両目を閉じ、耳をかたむけ、騒音のような声を発した。その横でレム・タ・ドゥルカが首を軽く横に振る。そうなると、レム・タ・ドゥルカにできるのはじっと見守ることだけだ。これまでの経験から、アンタムのようにザイムの声を聞くことはできないとわかっていたからだ。

いや、できるのだろうか?

ザイムの周囲に生じた電気的ななにかを感じたような気がしたのだ。だから両手を伸ばして、ごつごつした手を異質な金属に近づけてみた。耳もとでなにかがささやいている。隣りにいる男がなにかをつぶやいているにちがいないと思った。しかし、その声はなくならない。レム・タ・ドゥルカが目に見えない壁を突き破り、周囲のようすを知覚できないほど集中したとき、自分の頭のなかで絶えることのないささやき声が生じていることに気づいた。

驚きのあまりびくりとして、集中がとぎれそうになったが、なんとか踏みとどまると、いいようのない高揚感が訪れた。

レム・タ・ドゥルカはザイムの言葉と色に対して、鈍感でも不感症でもなかったのだ。ザイムの内側にひそむエネルギーに、アンタムが密集と呼んだ力に、触れたような気がした。

言葉と映像を理解し、心のなかでさまざまな色で彩られたまるい構造体を見た。緑と青が基調で、そのあいだにアンタムが以前説明した概念が浮かびあがってきた。ギムトラ、サムイール、ペーネロック！

レム・タ・ドゥルカは自分でも気づかないうちにつぶやきはじめ、自分がなにを感じているのかを、アンタムに説明した。そして突然言葉をとめ、目を見開いた。顔のたるんだ肉が震え、揺れはじめた。飛びあがり、あやうく転びそうになったアンタムを見つめる。

「ヘイダに伝えないと、早く！」アンタムが叫び、インターコムに向かった。司令室に接続をもとめると、船長とつながった。

「この近くにジャングルの惑星があります！」息つくまもなく報告した。「その世界がサムイールやペーネロックと関係していて、そこに居住している生物はわれわれがクテネクサー人と呼ぶものにそっくりなのです。ギムトラという言葉もまたあらわれました。ザイムは赤々と輝いています。わたしたちに、道をしめそうとしているにちがいありません！　たとえこれが偶然で、モイシュを通ったことでザイムが息を吹き返し、そのせいでネイスクールの事象をうつしだしているだけだとしても、この痕跡をたどるべきです」

「われわれは第四のハイパー空間航行を終え、五つの惑星からなる恒星系の近くにいます。そのうち、第三惑星は実際にジャングルの惑星のようです。アンタム、あなたのいうとおりなのかもしれませんね。半月船の行方は不明です。もうとっくに銀河中心に達して、これ以上探しても意味がないのかもしれません」

「なりすまし作戦ならうまくいくかもしれません。テフローダーとハウリ人がアノリーあるいはアノリーの親族と名乗れば、ジャウックロン星系についてくわしい情報が得られるかもしれません。ジャングル惑星を調査しましょう！」

アンタムは接続を切り、アンタムなりに大急ぎでキャビンを出た。自分のキャビンにもどり、宇宙服を身につける。そのベルトには容器がぶらさがっていた。レム・タ・ドゥルカのキャビンに引き返すと、明々と輝くザイムを容器にしまう。

「もっていくのか？」レム・タ・ドゥルカが驚いた。「なぜ？　フェル・ムーンに奪われないようにするためか？」

「それもある。でも、もっと重要なのは、惑星にザイムが反応するなにかがあるような気がするんだ。それがなにかを知りたい。ただの思いこみで、どのジャングルでも同じ反応を見せるのかもしれないがな。でも、ためしてみる価値はあるだろう？」

レム・タ・ドゥルカはクローゼットから自分の防護スーツをとり出し、すみに置いてあったエネルギー銃を指さした。

「わたしは武器をもっていくよ。あのカルタン人は信用できないからな」

5

船はひろい森のなか、反重力クッションの上でしずかに鎮座していた。あらゆる方角から昆虫種族が集まってきたが、近づこうとする者はいない。

集落から放出されているエネルギー量がきわめてすくなく、増える気配がないことから、自由商人たちはそこが文明の影響をほとんど受けていない惑星だという確信を強めた。

「あれはクテネクサー人でまちがいありません」着陸地点として選んだ空き地から、エネルギー・フィールドの力で森の端に運ばれたヘイダ・ミンストラルがいった。

その惑星の居住者は身長が二メートルほどで体幹が太く、ずっしりとした印象をあたえる。腕も脚も力強く、後頭部と口の部分がひときわ目立つ細長い頭が、細く短い首の上に水平にのっていた。肩の甲殻は全周隙間がなく、胴体をおおううろこは柔軟なようだ。そのため、クテネクサー人はなめらかに動くことができた。

「いくぞ！」全員がそろうのを待ちきれずに、フェル・ムーンが先陣を切った。三十名がそれにつづく。乗組員のうち九名だけが《バルバロッサ》にのこり、その警備にあたった。

ヘイダ・ミンストラルはフェル・ムーンの横にならび、惑星カアリクスですでに遭遇したことがある種族へと近づいていった。

小道がジャングルへ入るその場所で、かれらは対面した。

「ヌルマ！」一名のクテネクサー人がいった。「ペーネロックへようこそ。サムイールの光があなたがたを導いたのですね？　ここに船がおりたのはずいぶん久しぶりです。わたしたちは忘れ去られたプロジェクトなのです！」

そう語る者たちの姿を、ヘイダはつぶさに観察した。全員が、全体的に鈍い色でありながらうっすらと光沢がある装束《しょうぞく》に身をつつんでいる。ただし、色のレパートリーはすくなく、緑、青、あるいは黄色しかないようだ。二十名ほどのクテネクサー人の集団には、ほかの色はなかった。

「たまたまこの惑星を見つけて着陸したのです」船長は話しながら、頭のなかで懸命に次の言葉を探した。「もう一隻、着陸した船がありませんでしたか？」

クテネクサー人の代表者が否定した。そしてすぐさま、この惑星の住民には大気圏外の船を探知する技術がないともつけくわえた。集落は数にして百ほど存在するが、そのすべてがもっともちいさな大陸にあって、人口問題が発生しているそうだ。

なぜそうなのか、マポマ・ソグと名乗った代表者は説明しなかった。

「さっき話していたプロジェクトとは？」クテネクサー人が話し終えるやいなや、フェル・ムーンがたずねた。

「生態系プロジェクトです。何世代も前にプロジェクトがはじまったときに、必要な物資のすべてがここにもたらされました。わたしどもは作業を開始し、不毛の世界を豊かな密林に変えたのです！」

自由商人たちにざわめきが起こった。

「いま、なんと？」ヘイダが問いただした。「あなたがたがこの惑星をジャングルに変えたのですか？」

「そうです」マポマ・ソグがうなずく。「すでに三百世代が過ぎました。まずは集落へおこしください。マポマングでゆっくり話しましょう。あなたがたがアノリーなのは見ればわかります。ですが、ほかのかたがたは？」

「モイシュからきたユエルヘリだ！」フェル・ムーンがいった。クテネクサー人は腕を振ってマントを揺らした。

「モイシュはスヴェルダイスタです！」と、説明する。「それぐらいどの生命年齢も知っています！　モイシュからはなにも、絶対になにもきません。つまり、あのかたがたはべつのどこかからきたユエルヘリです。それでももちろん歓迎いたします！」

雑多な種族で構成される一団がゆっくりと歩を進め、十五分後に集落に到着した。自由商人はあたりをじっと見まわした。

目に入るもののすべてが、天然素材でできていた。低い一階建ての建物も木造だ。集落の中心に大きな演台があるが、それも木造。たくさんの短い切り株が地面から突き出ていて、そのひとつひとつにクッションが置かれている。だがよく見ると、それらはクッションではなく苔《こけ》であることがわかった。

マポマ・ソグが自由商人をその演台にいざない、苔でおおわれた切り株にすわるようながした。

宇宙飛行士たちは、そこは本当に忘れられた植民地だと考えはじめた。どこにも技術がなく、人工的な印象もまったくない。すべてが地面から生えているようだ。ヒグホンが見つけた地上に伸びた根は、らせんを描くようにたくみに誘導されていて、まるい家を形成していた。その先がとぐろを巻く屋根となり、細い先端が屋根の中央で終わっていた。

「ええ」クテネクサー人が話題をもどした。「わたしどもはペーネロックの忘れられた民なのです。ですが、孤独ではありません。賢者もいますし、ほかの者もいます。あなたがたも、きっとお会いになるでしょう！」

「楽しみにしています」《バルバロッサ》の船長が答えた。「ですが、お願いがあるのです。われわれには探しているものがあるのですが、ネイスクールのどこを探しても見つからないのです。手伝っていただけますか？」

マポマ・ソグが快諾すると、フェル・ムーンがすぐに話しはじめた。矢継ぎ早に、ダアルショルを通じてその存在を知った半生体・半機械の生命体とその機能について説明した。そして、クテネクサー人の目の前に立ち両手のこぶしを腰に当ててこういった。

「こいつらはカンタロと呼ばれている。われわれはカンタロを探していて、どんな手がかりも見落とすわけにはいかない！　それから、もうひとつ、きかねばならないことがある！」

「フェル・ムーン！」ヘイダがきびしい顔をした。副長を制し、ふたたび腰かけるようながす。フェル・ムーンがすわるのを見とどけてから、ヘイダは期待に満ちた目でマポマ・ソグを見つめた。

「そうしたことはなにも知りません」クテネクサー人が答えた。「わたしどもには、宇宙からのメッセージを受けとる機械すらないのです！」

「信じるわけにはいかない」フェル・ムーンがつぶやいた。「わたしが自分で探すだけだ！」

「あなたたちの生態系プロジェクトについて教えてください」船長がクテネクサー人にいった。「どのような計画なのでしょう？　ほかの惑星でも同じようなことが行なわれているのですか?」

マポマ・ソグは時間をかけてゆっくりと説明し、知っていることをすべて話した。そして頭を右へ左へと動かす。

「それ以上はヴァアスレ人におたずねください。かれらのほうがくわしいでしょう」

マポマ・ソグは立ちあがった。ヘイダはそれを歓迎の挨拶が終わったしるしと理解した。

「ご自由にご見学ください」マポマ・ソグがいった。「プロジェクト責任者にくわしく報告するためにも、すべての集落を訪れてくださいませ!」

マポマ・ソグは自由商人たちを演台にのこしたまま、仲間を引き連れて去っていった。

フェル・ムーンが立ちあがり、船長に歩みよった。

「わからないのですか」ののしるようにいった。「惑星カアリクスの連中と同じです。口ではきれいごとをならべながら、実際はわれわれを避けようとする。もううんざりだ!」

「およしなさい!」ヘイダが立ちあがった。あやうくぶつかりそうになったフェル・ムーンは一歩退いて難を逃れた。「五名ずつ、六つのグループにわかれて行動しましょう。ほかの集落へいって状況を探るのが目的です。ただし、グループのひとつはここにのこります。もうおわかりでしょう、わたし、ヒグホン、そしてあなたがた三名のカルタン人のグループです！」

フェル・ムーンの表情が曇った。髭をピクピクと震わせている。


「わたしを足どめするつもりですね！」不満をぶつけた。「あなたはわたしのじゃまばかりする。ですが、いつかわたしは……」

「……カンタロを見つけるでしょう。フェル・ムーン、あなたは有能な自由商人で、たよりになる仲間です。ですが、自分が幻を追いかけていると思ったことはないのですか？　あなたに欠けているのは柔軟性です！　カンタロにとり憑《つ》かれてしまった。ただの妄想かもしれないのに！」

もう痙攣はしていないにもかかわらず、カルタン人は無意識のうちに左手をさすった。いつもと違ってひとことも返さず、ほかのグループがその場を去るまで黙ってじっと待った。そしてヘイダ・ミンストラルとハウリ人、そしてほかの二名のカルタン人にしたがって集落を歩く。

しばらくしてヘイダが振り返ると、そこにはヒグホンしかいなかった。フェル・ムーン、キル・シャン、そしてアルボ・カトは消えていた。

＊

空から見ると、それはまるで巨大な甲虫で、アンタムは仲間に合図を送った。全員で降下し、人類の身長よりも高く茂ったシダ植物の藪におりたつ。藪をかきわけて進むと、灰褐色のからだの最初の一体に遭遇した。それは長い六本脚で前に進み、頭部はたいらで三角形だった。甲殻にはところどころイボのような突起や、分厚い部分がある。頭部にはふたつの赤い複眼があり、そのあいだには一本の角のような隆起があった。アンタムらの接近に気づいたその昆虫は太い後肢で立ちあがり、前肢を折った。中肢はからだの横でだらりと垂れさがっている。

「見知らぬ者？」その虫はたずねた。「きみたちはだれだ？　もっと近づいて、姿を見せてくれ。感じるぞ、なにかをもっているな。それはなんだ？」

アンタムとレム・タ・ドゥルカに同行していた三名のテフローダーは武器を抜いたが、レム・タ・ドゥルカがかれらにそっと合図を送った。三名はエネルギー銃をもどし、近よった。

「われわれはアノリーだ」トーレン・ベンクがいった。「ユエルヘリを二名連れてきた！」

「アノリー？」その生物はゆっくりとにじりより、五名のまわりをぐるりと歩いた。「アノリーなのか、それともその親族か？」次にそれはグリオルとプランタ人に目を向けた。

「ユエルヘリ！」納得したようだ。「きみたちからはネイスクールのにおいがしない。

ああ、わかる、わかるぞ。わたしの仲間がわたしの思考をひろって集まってきたようだが、恐がる必要はない。かれらもわたしと同じギムトラだ！」

緊張のあまり、アンタムはよろけそうになった。

「ギムトラ？」と問い返す。「本当にギムトラといったのか？」レム・タ・ドゥルカに向きなおる。

「そういった」レム・タ・ドゥルカはささやいた。「ザイムのメッセージにふくまれていた言葉、サムイール、ペーネロック、そしてギムトラ！　サムイールは恒星、ペーネロックが惑星、ギムトラは居住者ということだろう。教えてくれ、きみたちの種族はこの惑星に住んでいるのか？　クテネクサー人は侵入者なのか？　以前、この惑星は違う見た目をしていたのか？」

「すべては生命年齢だ。われわれには、違う見た目を思いだすことができない。なぜヴァアスレ人にたずねない？　ヴァアスレ人ならなんだって答えられるだろう！」

密なシダの藪をかきわけて、ギムトラの集団がやってきて、グループをとりかこんだ。

「アノリーじゃない」声をそろえていった。「ただの親族だ！」

「アノリーについてなにを知っている？」アンタムがたずねた。「かれらはネイスクールでどんな立場にあって、ブラック・スターロードとどう関係している？　きみたちはカンタロを知っているのか？」

そのギムトラはふたたびすべての脚をおろし、からだを横たえた。

「知らない」という。ネイスカムが、あるいはそもそも話すという行為自体が苦手なようだ。「だが、それがなんだというのだ？　宇宙が動いているならそれでいい。われわれは孤独な世界に忘れ去られた存在。そしていま、きみたちがやってきた。きみたちもまた、無力な存在だ。きみたちは知識を必要としているが、われわれにはあたえることができない。あるいは、あたえることが許されないのか？　どうでもいい！　ところで、その容器はなんだ？　光っているぞ！」

ザイムの入った容器が本当に煌々《こうこう》と輝いていた。アンタムが容器を開けると、ザイムが柔らかい草に落ち、まばゆい光をはなった。熱がひろがり、自由商人たちはあとずさりした。

「恐ろしい」レム・タ・ドゥルカがつぶやいた。「そんなもの、ハンガイ銀河に置いてくればよかったんだ！」

ギムトラたちが近づいてきた。テフローダーとグリオルとプランタ人を押しのけ、ザイムだけに集中する。

ザイムの光がいくぶんやわらいだ。すこし赤みがさしたかと思うとどんどん色が濃くなり、むらさき色になってようやく変化がとまった。

「ああ、これにはメッセージがこめられている。遠い世界からやってきた。理解はできない。だが、宇宙の宝、〝ザイム〟だ。ユエルヘリよ、なぜきみらがこれをもっている？」

「そのザイムはわたしのものだ」アンタムが誤解を避けるためにきっぱりといった。

「そして、今後もわたしのものでありつづける。きみたちはなにを感じる？」

「宇宙。わたしの名がトラセであるのと同じぐらいたしかに、宇宙が見える」最初に出会ったギムトラがいった。トラセはイボが特徴的なので、ほかと区別しやすかった。イボの多さが年齢と比例しているのなら、トラセは集まってきたギムトラのなかで最高齢者だろう。

「ほかには」

「赤い光が見える。そしてモイシュの内側が。だが、そんなことはありえない。モイシュからはなにもこないのだから。しかし、わたしはザイムを信じる。ザイムはモイシュの力を宿している。それだけではない。有機物と金属でできた生物が見える。これはなんだ？　どの生命年齢も、こんなものを見たことがない！」

アンタムは興奮した。前に跳びだし、トラセとザイムのあいだに立った。

「このザイムはわたしにも話しかけてくるんだ」アンタムは叫んでいた。「だが、きみほどたくさん見えたことはない。ほかになにが見える？　いまだにカンタロが見えるのか？」

ギムトラは混乱してからだを起こした。

「カンタロとはなんだ?」

グリオルはため息をつき、一歩さがる。かわりにテフローダーが重要な質問をくりだしながら、ギムトラたちに説明した。だが、ギムトラたちの反応は薄かった。

「われわれはきみたちの力になれない。だが悲しむことはない。われわれにもできることがある。きみたちに生命年齢の話をしよう!」

アンタムらはしぶしぶその提案を受け入れ、近くにあった水場におもむいた。ギムトラたちはその水場に集まり、それぞれすこしばかりの水を飲んだ。時間がゆっくりと過ぎていく。アンタムたちはそこを去ろうかと考えた。なにしろまだ、集落のひとつも見つけていないのだ。

「ここがわれわれの集落だ!」まるでグリオルの思考を読んだかのように、トラセが大声でいった。「アンタムよ。きみは妄想を抜け出した。治癒したことを保証しよう。きみの友のレム・タ・ドゥルカにも後遺症はない。その壁とは、それほどまでに恐ろしいものなのだろうな!」

「やめてくれ!」アンタムはがくがくと震えながらひざまずいた。最後には地面に倒れこんだ。「きみたちはなにものなんだ?」

「スクウルの知恵だ!」トラセが謎めいた言葉を口にした。

*

キル・シャンとアルボ・カトは同族のフェル・ムーンの目に決意の光を見た。だからフェル・ムーンにしたがって、ヘイダ・ミンストラルとは反対方向に進んだのである。集落の端で低い建物のわきに立つと、そのなかで話している二名のクテネクサー人の声が聞こえてきた。だが、フェル・ムーンらは話の内容には興味がなかった。

「あいつらのいうことを信じるな！」フェル・ムーンが仲間にいった。「あいつらもヴァアスレ人と同じで、なにも知らない。信じられるか？　ネイスクールにやってきてから の数週間で、いくつの種族に出会ってきた？　なのに、だれもアノリーについてなにも、あるいはほとんどなにも知らないだと？　なら、なぜテフローダーとハウリ人を親族とみなすのだ？　クテネクサー人も同じことをいうのはなぜだ？」

「そのとおり、なにかにおいます」キル・シャンが答えた。「ですが、なんなのでしょう？」

「船でわたした装置をもってきたか？」

二名の部下はうなずいた。

「よし、いくぞ」フェル・ムーンがささやいた。「ついてこい！」

一行は背の低い建物の入口に近より、なかのようすをうかがった。話し声はいまだに聞こえていた。フェル・ムーンの合図で、三名はなかに踏みこんだ。

「よく聞け！」大声で叫ぶと、トランスレーターが同じ声量で翻訳した。「危害をくわえるつもりはない。だが、きみらがわたさないのなら、奪うしかない！」

二名のクテネクサー人がフェル・ムーンのほうを向いた。いまはマントをまとっていない。壁の隙間からさす光に照らされて、甲殻が輝いていた。

「ヌルマ」両者が同時にいった。「わたさないとはなんのことでしょう？　あなたがたはこの惑星のゲストです。ご質問をおっしゃってください！」

また何度も聞いたような甘い言葉だ。

フェル・ムーンは怒りの雄叫《おたけ》びをあげた。

「アルボ、そいつをたのむ！」

そういって自分はキル・シャンとともに近くにいたクテネクサー人につかみかかり、部屋の左に置かれていた、部屋の一辺と同じ長さのベンチへと引きずった。そのクテネクサー人はからだを硬直させ、思うようには動いてくれなかったが、最後にはベンチの上に横たえることに成功した。クテネクサー人は棒きれのように動かなくなった。

キル・シャンが戦闘用スーツからコードとセンサーを引きだし、それらをクテネクサー人の頭と脚に固定した。

「エネルギー充塡」キル・シャンがいった。

フェル・ムーンが嘘発見器のスイッチを入れる。そして身をかがめてクテネクサー人の顔を見つめた。

「自発的に答えてくれるかな？」と、たずねる。「でなければ、力ずくで協力してもらうことになるぞ！」

「質問をどうぞ」小声で答えが返ってきた。「答えない理由がわたしにありましょうか？　なぜこのようなことを？　わたしには抵抗する手段がないことがわからないのですか？」

カルタン人はあやうく気を許すところだった。だが、すんでのところでそのクテネクサー人が自分を心理的に操ろうとしていることに気づいた。爪を立て、クテネクサー人の膨らんだ胸郭に押し当てる。

「命の家に対する冒瀆《ぼうとく》です！」背後からべつのクテネクサー人の声が聞こえた。アルボ・カトがそのクテネクサー人を部屋の片すみに追いこんだ。そこからは、フェル・ムーンとキル・シャンがやろうとしていることが見えない。

「おまえの名は？」カルタン人はたずね、嘘発見器を見つめた。

「セルトノ・タール」が答えだった。解釈にはまだデータがたりなかったが、そのクテネクサー人の測定値は正常の範囲内だった。

「アノリーを実際に見たことがあるか？」

「いいえ。わたしはこのペーネロックで生まれたのです。ここへアノリーがきたことはありません」

「知っているカンタロの名前をいえ！」

「知りません！」

「嘘をつくな！」

「本当です。なぜわたしが嘘をつくのですか？」

「ブラック・スターロードについて、なにを知っている？」

「旅のルートです。わたしには必要ありません。わたしはもうすぐ、旅をしない者の仲間入りをはたしますから！」

「モイシュとはなんだ？」

「スヴェルダイスタです！」

「違う。われわれはモイシュを通った。遠い銀河からここまでやってきたのだ！」

「ありえません。あなたは真実を話していない！」

「アノリーとはなにものだ？」フェル・ムーンが叫んだ。「カンタロの見た目は？　合成生物と聞いて、なにを思い浮かべる？」

「わたしはクテネクサー人です。なぜわたしをこんな目に？　あなたは過去の者だ！　ここを出ていけ。ペーネロックに二度とくるな。ここはあなたの世界ではない。あなたはじゃま者だ。あなたのような者の相手をするぐらいなら、これからもずっと忘れられたままのほうがましだ！」

フェル・ムーンは硬直した。興奮をおさえ、クテネクサー人の言葉をすべて消化するまで、しばらく時間がかかった。

「アルボ、そいつを連れてこい！」大声で叫んだ。カルタン人は二番めのクテネクサー人を最初のクテネクサー人の横に寝かせ、小型のヒュプノ学習装置を準備した。

「ほかの生命年齢の連中とひとつの惑星に囚《とら》われているほうが、あなたがたといっしょにいるよりもましです」二番めのクテネクサー人がいった。

キル・シャンは嘘発見器をはずし、両者にヒュプノ学習装置を接続した。

「きみらの潜在意識から情報をいただく」フェル・ムーンがいった。「痛みはない。すぐに終わる！」

そういって、スイッチを入れた。情報がクテネクサー人の脳に流れこんだ。かれらはダアルショルの、そしてモイシュ・ブラックホール内の小惑星の映像を見た。スターロードにまつわる情報を知り、何度もアノリーとアノリーらの見た目に関する質問がしめされた。

だが、両者ともなんの反応も見せなかった。言葉や映像による刺激にまったく反応しない。注《そそ》ぎこまれた情報は処理されなかった。

そのかわりに、違うことが起こった。

セルトノ・タールが甲高い声で叫びはじめたのだ。からだを反転させ、ケーブルがはずれた。キル・シャンがとっさに支えなかったら、ベンチから落ちていただろう。

「アイスクロウどもに呪いを、スタ一ロードなんてくそ食らえだ」クテネクサ一人は絞りだすようにいった。「あいつらは世界を汚染し、それなのに……それなのに……」

クテネクサ一人はふたたびベンチに横たわったが、次の瞬間、全身をまるめたかと思うとベトベトした液体を吐き出した。横の仲間はとめどなく笑い、惑星ほどの大きさのギムトラがどうのこうのと話しはじめた。

「あいつらはスクウルの大ばかどもだ！」その言葉をのこして、目をむいて板のように硬直した。口から泡を吹いている。フェル・ムーンの合図に応じて、キル・シャンが接続を解き、ヒュプノ学習装置をかたづけた。三名のカルタン人はどうすればいいのかわからぬまま、ベンチの横に立ちすくんだ。

クテネクサ一人の二名が発作を起こした。からだを起こして暴れはじめる。フェル・ムーンは距離を置いた。

「マポマ・ソグたちを呼んできてくれ。かれらにこいつらの世話をまかせよう」と、部下にいうと、ふたりは外に出ていった。フェル・ムーンはクテネクサ一人の楕円形をした複眼を見つめた。その目は力強い赤を失い、淡いピンクから、最後には色を失った。

いまになってようやく、フェル・ムーンはすべきではなかったことをやってしまったと後悔した。

あわてたようすのヒグホンが、さらにはヘイダ・ミンストラルがその建物にやってきたとき、フェル・ムーンはこの出来ごとが重大な結果をもたらすことを確信した。船長はベンチに急ぎ、痙攣している二名のクテネクサー人を見つめた。

「ここでなにがあったのです？」と、カルタン人に叫んだ。「ほかのクテネクサー人たちは集落を出て、でたらめに泣き叫びはじめました。マポマ・ソグは、もう手遅れだといっています。また怪物が二体生まれる、と。あなたはここのクテネクサー人を狂気に追いこんだのですか？」

フェル・ムーンは背中をわずかにまるめていた。

「わかりません。かれらはどうして助けにこないのです？　どんな意味があるのでしょう？」そういってあたりを見まわした。「だめだ。わたしがなんとかします！」

フェル・ムーンは外に出て、ヒグホンにクテネクサー人たちが向かった方角をしめさせ、そっちへ向かった。キル・シャンとアルボ・カトもやってきた。三人はマポマ・ソグを見つけた。かれのマントをおぼえていたからだ。マポマ・ソグは仲間たちにかこまれていたが、フェル・ムーンのたのみには頑として応じなかった。

「わたしの過ちを償う方法を教えてくれたら」フェル・ムーンは約束した。「どんな望みもかなえてやる」

マポマ・ソグは拒みつづけた。カルタン人は意気消沈して命の家にもどってきた。

ヘイダ・ミンストラルの怒りはおさまらなかった。

「この二名に拷問をくわえたのですね」と、フェル・ムーンをどなりつける。「かれらを殺したのです！」

「そんなばかな！」フェル・ムーンがいい返した。

ヘイダがフェル・ムーンをベンチわきに引きよせる。二名のクテネクサー人はまだそこに横たわっていたが、もはや痙攣はなく、それどころか微動だにしなかった。からだの下側でキチン質の殻が開き、そこから白い粘液と黄土色の塊りがあふれでている。

「拷問なんてしていません。嘘発見器とヒュプノ学習装置を使っただけで、いきすぎた刺激はありませんでした」フェル・ムーンが口ごもった。「どうしてこんな……」

「あなたは異生物学者で、ネイスクール銀河の種族の生体に精通しているのですか？」

ヘイダが冷たくいいはなった。「かれらが死んだのならば、あるいは傷害がのこることになれば、あなたは船内裁判を受けることになります」

「わかっています。本当に……申しわけありません。わたしはただ……」フェル・ムーンはそこで黙りこんだ。二名のクテネクサー人から目をはなすことができない。あふれでた塊りが頭部以外のからだをおおいつくそうとしていたのだ。その塊りのなかでなにかが光った。そのかたちにフェル・ムーンは見おぼえがあった。フェル・ムーンが指さすと、塊りはゆっくりと起きあがり、そのまるい複眼が周囲を観察した。大きさは一メートルにも満たない。したがって、フェル・ムーンの知るそれよりもはるかにちいさかった。ゆっくりと頭部が洋梨のかたちをしめしはじめる。目も記憶どおりで、頭の下にあるちいさな口吻から、かすかな、そして問いかけるような音が聞こえた。

フェル・ムーンは膝から力が抜けるのを感じた。耐えきれず、ひざまずく。だが、だれもそのことに気づかない。五名はその変化を茫然と見つめつづけた。最終的に沈黙を破ったのはヘイダ・ミンストラルだった。

「これがなにを意味しているのか、あなたがたにもわかっているのでしょうね」彼女はいった。「この二名のクテネクサー人は、いままさに早産を！」

違う！　フェル・ムーンはガラスのような目で見つめながら考えた。そんな単純な話ではない。生まれてきたのは若いクテネクサー人ではない！

「ちがいますか？」船長がいった。「あなたはこんな想定外の方法で、謎のひとつを解いたのですよ、フェル・ムーン！」

生まれてきたのはアイスクロウだった！

＊

ある点において、ヘイダ・ミンストラルは野蛮なカルタン人のフェル・ムーンが正しかったと認めざるをえなかった。フェル・ムーンははじめから、ネイスクール銀河のこの領域を支配する状況は偶然の産物ではないと考えていた。どういうわけか、すべてになんらかの関連があると考え、ここでカンタロの潜伏場所が見つかると思いこんでいた。

その期待はいま、シャボン玉のようにはじけ散った。

「申しわけありません」フェル・ムーンは何度もつぶやいた。「こんなつもりはありませんでした。不運が重なったのです。どうすれば償えるでしょうか？」

ヘイダも答えを知らなかった。だが、この命の家がどんな意味をもつのかはわかった。そこは子を産むクテネクサー人が暮らす場所だったのだ。

これまでのところ、マポマ・ソグたちからはなにひとつとして反応がなかった。いまだにマポマングにもどっていない。自由商人たちには、いまこそ情報が必要だというのに。

一行は命の家を出た。どうすべきかを懸命に考えるが、なにもわからない。

クテネクサー人がアイスクロウを生んだ。そしてアイスクロウはすくなくとも労働を通じて、ヴァアスレ人と関係している。関係しているのはたしかなのだが、自由商人たちがすべてを理解するには、重要なピースが欠けていた。

しばらくして、五つのグループがもどってきた。どのグループも、惑星ペーネロックにはアイスクロウ、ヴァアスレ人、クテネクサー人、そしてギムトラがそれぞれ独自の集落を構成していると報告した。明らかに四種族のすべてが生態系プロジェクトに関与しているが、種族ごとにわかれて暮らしているようだ、と。

この情報は正しいように聞こえるが、そうではなかった。グラド、テフローダー、プランタ人、ハウリ人、グリオル、マモシトゥは、ヘイダ・ミンストラルとフェル・ムーンのようすから、マポマングでなにか異変が起きたことを悟った。

最後にもどってきたのは、アンタムとレム・タ・ドゥルカのいるグループだった。アンタムの前の空中にはザイムが浮かび、太陽のように明るく輝いていた。熱を発しているので、みんなうしろにさがった。ザイムはゆっくりと下降をはじめ、アンタムがガードするかのようにその前に立った。

「スクウルの賢者に出会いました」アンタムは話しはじめた。「四つの生命年齢の秘密が明かされました。かれらがけっして話そうとしないことを、ようやく知ることができました」

そして、スクウルと呼ばれる、四つの生命年齢を経験する種族について話しはじめた。

スクウルはある生存形態から次の生存形態へと変態、つまりメタモルフォーゼするのだ。そして、生涯を通じて三回のメタモルフォーゼを行なう。いわばメタモルファーなのだ。

かれらは単為生殖のクテネクサー人から生まれ、最初の四十年ほどをアイスクロウとして、つまり第二の転路係として生きる。昆虫にたとえるなら、幼虫とみなせるだろう。その後、アイスクロウのからだが開いてヴァアスレ人が出てくる。アイスクロウが〝イスセル〟と、呼んで毛嫌いする〝おとな〟のスクウルだ。第一の転路係のヴァアスレ人は雄。百年ほど生きたのちにさなぎとなり、小柄でがっしりとしたクテネクサー人に変態する。クテネクサー人は六十年の生涯で何度か子を産んだのちにまたさなぎとなる。生まれたばかりのアイスクロウは即座にアイスクロウの集落に追放される一方で、さなぎになったクテネクサー人は性別のないギムトラに変わる。ギムトラは外的な知覚能力には劣るのだが、そのかわりに内的な能力が発達していて、超常的な力さえ有している。スクウルはこの形態で、みずからそれを望むのなら、数百年を生きることができる。

これら四つの生命年齢の文明は、精神的な側面こそそれぞれ大きく異なっているが、起源は同じだったのである。そして、外見にもかれらが基本的には同じ種族であることをしめす共通の特徴があった。赤い複眼だ。アイスクロウの目はまるく、直径は十センチメートルほど。ヴァアスレ人の目も大きさは変わらないが、視力が強化され、赤外線さえも見えるようになる。クテネクサー人では、五かける三センチメートルの楕円形に収縮した目が大きな口の上にあるこぶに鎮座している。ギムトラでは目が分裂し、腎臓のかたちをしたふたつの縦長の組織となる。

「これが、わたしたちが知ったことのすべてです」アンタムはそういって、ザイムがゆっくりと光を失い、地面に落ちるのを眺めた。「このザイムの謎については、まだなにもわかっていませんが、ギムトラがザイムからたくさんの映像を受けとりました。そのひとつが、ダアルショルの姿です。ですが、この物体がジャングル惑星やかれらの内的能力に反応する理由は、かれらにもわからないようです」

「もしかすると、その物体についてはなにも知らないほうがいいのかもしれません」ヒグホンがいった。「大きな問題となる前に、手ばなしたほうがいい。贈り物として、ギムトラにさしだしてはどうでしょう！」

「絶対にだめです！」アンタムは抗議を態度でしめすかのように身をかがめ、ザイムをひろいあげた。そして容器におさめたのだが、いつになくザイムを冷たく感じた。

クテネクサー人の住居の前にギムトラたちがやってきた。ただしトラセはいない。かれら生命年齢の第四形態は命の家に殺到した。自由商人たちもそのあとにつづくと、ギムトラたちが担架《たんか》をひろげ、クテネクサー人をその上にのせていた。生まれてきたアイスクロウは母親のからだをはなれ、部屋の奥のほうでうごめいている。クテネクサー人は粘液を失い、みずからを糸でつつみつつあった。胴体はすでに厚く巻かれた黄土色の糸の層におおわれている。死んでいるように見える。ギムトラは両者を運び出した。外に出たギムトラの一名が、自由商人たちに向きなおった。

「ある意味、この二名はきみたちユエルヘリに感謝する必要がある」そのギムトラはいった。「結局のところ、かれらはきみたちのおかげで、ふつうよりも早く最高の知恵の段階に進むことができるのだから。今回のことがなければ両者ともあと何年か、あるいは何十年か、クテネクサー人として生き、役たたずのアイスクロウを何体も産みつづけねばならなかっただろう。それと、トラセからの伝言だ。トラセはきみらの申し出を受け入れるそうだ！」

「申し出とは？」ヘイダが驚いてたずねた。

「それについてはすぐにご説明します！」レム・タ・ドゥルカが割って入った。「ギムトラたちがこの集落を去るまで、クテネクサー人たちはもどってきません。それだけの時間があれば充分です！」

＊

トラセと集落住民はアンタムたちとあらかじめとり決めてあった場所、例の水場で待っていた。イボのたくさんある年老いたギムトラが身を起こし、到着した一行を見つめていた。かれらはすぐ、この老ギムトラには、自分たちの思考にあらわれるはっきりとしたイメージを知覚する能力がある事実を受け入れる必要があった。トラセはこのペーネロックに生きるスクウルの悲劇について話しはじめた。かれらが忘れられた存在であることは、自由商人たちはすでに知っていた。かれらが自分たちの種族とふたたび接触したいと願っているのも、当然のこととして理解できた。だからこそ、アンタムとレム・タ・ドゥルカは、かれらを迎えにくる船をよこすと約束したのだった。

これ以上、忘れられたままでいる必要はない、と。

ほかの生命年齢と同様、ギムトラにもかれらが忘れ去られた理由は説明できなかった。

「われわれにとっての問題は、せまい惑星で共存しなければならないことだ。各コロニーが遠くはなれているわけではないので、どうしてもたがいの姿が目に入ってしまう。だが問題はむしろ、空間的な距離ではなく、心理的な近さだ。生命年齢が共存する惑星は、ここ以外どこにも存在しない。どの生命年齢も独自の惑星があり、コロニーがある」トラセが締めくくった。

「わたしが責任をもって、この問題に対処しましょう」ヘイダ・ミンストラルが約束した。「すぐにでも船をよこして、あなたがたをあなたがたと同じ種族、同じ生命年齢の住む惑星へと送りとどけさせます！」

ギムトラはすべての足を地に着けて女性テフローダーに歩みより、彼女のにおいをかいだ。

「きみが真実を話していることはわかった」トラセはいった。「だから、きみたちが知りたがっていることを教えてやろう。カンタロについては、われわれもなにも知らない。だがそのかわりに、アノリーのいるジャウックロン星系の座標なら知っている！」

戦闘用スーツが座標データを記憶し、すぐに《バルバロッサ》に転送した。

「アノリーとは、なにものなのです？」船長がたずねた。

「ブラック・スターロードの真の支配者だ。さあ、いくがよい。われわれもこの星を去る準備をはじめよう。時間がかかるだろうからな！」

一行がギムトラたちに別れを告げた直後、船にのっていたイムプランツから緊急の連絡がとどいた。サムイール星系の端に船があらわれたのだ。

「探知機のデータから、ブラックホール・ピーリロンからきた半月船と考えてまちがいありません」そしてイムプランツはこうつけくわえた。「われわれの存在に気づいていて、これまでずっと近くで潜伏していたのでしょう！」

「みんな、船に急いで！」ヘイダが命じた。「イムプランツは緊急スタートの準備を！」

一行はスーツの飛翔装置を起動し、ジャングルの樹冠すれすれの高さを飛行した。エアロックに飛びこみ、自分の持ち場につくやいなや、半月船がペーネロックの周回軌道に入った。そこからはなたれた牽引ビームが地上に達し、《バルバロッサ》を持ちあげる。そして半時間もたたないうちに、《バルバロッサ》は半月船の間近に係留され、代表者を《ラウッサイイ》へ送り出せという通信を受けた。

《ラウッサイイ》？　ヘイダは考えた。インターコスモでは《ラウッサ》と呼ぶことにしよう。

「次はなにが起こるのでしょう？」フェル・ムーンがつぶやくようにたずねた。二名のクテネクサー人との出来ごと以来、フェル・ムーンは謝るばかりであまり話そうとせず、かなり落ちこんでいるようだ。

「なぜたずねるのです？」ヒグホンが横やりを入れた。

「アノリーが支配者なのです。疑問は、かれらがこの銀河全体の支配者なのか、それともブラック・スターロードを支配しているだけなのか？　でも実際には、ブラック・スターロードを支配しているのは、カンタロのはずですよね？　もしかすると、カンタロはアノリーに使われているのでしょう。アイスクロウとヴァアスレ人と同じように、技術者として！」

＊

船内はグレイと銀色の輝きで満ちていた。アイスクロウの派手な色使い、ヴァアスレ人特有のパステルカラー、クテネクサー人の好む濃い色はどこにも見あたらない。入口を抜けると窮屈な通廊と曲がり角がつづいていた。音響シグナルにしたがって進むとちいさなホールに出た。

そしてついに対面した。

アノリーだ！

アノリーはヒューマノイドに属し、スリムで手足も細い。身長はハウリ人と同じぐらいだろう。完全に毛がなく、肌はアラバスター鉱石のような印象でわずかに半透明。だが、血管や骨が透けて見えるほどではない。頭蓋骨は長細く後方へ婉曲する楕円形で、そのようすから脳も大きいと予想できた。顔は頭部の下半分におさまり、淡い色のまるい目が代表団をじっと見つめていたが、けっして攻撃意図や悪意は感じられなかった。ちいさな口の唇は官能的でさえあった。ただし、鼻だけはすこし長すぎで、バランスを崩しているように見えた。全体的には美しい顔で、子供っぽい雰囲気があるが、けっして無邪気、あるいは無知な印象ではなかった。

顔や頭、あるいは手にもちいさなアクセサリーが見える。一見したところ宝飾品のようだが、微小なテクノロジーである可能性も捨てきれない。それを見たフェル・ムーンは思わずうなり声をあげそうになった。

「イミネールに終わりがきました」いちばん前にいたアノリーがネイスカムでいった。ただし、ほかのアノリーはべつの言葉でなにかコメントしていた。おそらくそれがアノリーの母語なのだろう。イミネールとは戦争ゲームといった意味だ。

「そう望みます」ヘイダ・ミンストラルが応じた。「あなたがたはわれわれをこっそりつけていたのですね」

「こっそりもなにも、あなたがたが追ってきたのは明白でしたから」アノリーがほほえんだ。「おかげでわれわれにも、ペーネロックへやってきて、あなたがたにジュリアン・ティフラーのメッセージを伝えることができるのです！」

〝気をつけろ〟ヘイダの思考が警告した。なんとかアノリーの友好的なほほえみから目をはなし、こういった。「話してください！」ヘイダはいった。「ティフはわれわれになにを伝えようとしているの！」

「われわれはかれらと協定を結びました。あらゆる領域において、情報の公開が原則です。われわれには、あなたがたを恐れる理由がありません。あなたがたは、ブラック・スターロードのマップに記されていない銀河からやってきました。ここは友好関係が支配しています。ティフラーはあなたがたに、ほかの二隻の船とともに合流地点へ向かい、そこでかれが探索飛行からもどってくるまで待つようにと命じました。さまざまな問題について話し合うのはそのあとだ、と。あなたがたがたくさんの疑問を感じていることは、われわれもすでに把握しています」

「わかりました。では、その合流地点へ案内してください」ヘイダがいった。「ですが、お願いがあるのです。ペーネロックの問題に対処してください。あそこのスクウルたちは苦しんでいます。忘れられたと感じ、このプロジェクトから逃げたい、惑星を出たいと願っているのです。プロジェクトは、もう何世代も前に終わっているはずですから!」

アノリーは検討すると約束した。友好的な挨拶を交わしたのち、自由商人たちは《バルバロッサ》にもどった。司令室に入るやいなや、フェル・ムーンが口を開いた。

「かれらを信用してはいけません。あれはみんなが考えているような連中ではない。背後になにかをかくしています!」

「そのなにかとは?」船長が問い返した。「あなたはまた騒動を起こす理由を探しているのですか?」

カルタン人は船長をにらみつけ、圧力がどうとかつぶやきながら、司令室を出ていった。

ヘイダ・ミンストラルはスクリーンを見あげた。サムイール星系がスクリーンから消えたかと思うと、しばらくのちに探知機が、進行方向にブラックホールがあると報告した。

ヘイダ自身はそれを予感していたが、クルーを見まわすと、みんなすこし緊張しているようだ。

「いよいよ、ブラック・スターロードの正しい使い方を知るときがきたのです!」

おそらく、かなりの長距離を移動することになるのだろう。とはいえ、アノリーが本当に急いでいるのなら、それほどの時間はかからないのかもしれない。

いずれにせよ、危険はない。結局のところ、アノリーこそがブラック・スターロードの、あるいはもしかするとそれ以上のなにかの支配者なのだから。

＊

予告もなくフェル・ムーンがアンタムのキャビンに入ってきた。そして、驚いて立ちどまる。精気を失ったアンタムとレム・タ・ドゥルカがシートに力なくすわっていたからだ。しばらくすると、両者ともまた動きだし、グリオルが頭をゆっくりと動かした。

「ここへなにをしに？」つらそうにたずねた。

「ここにきたのは……その奇蹟に満ちたザイムを近くから見せてもらえないだろうか！」

「直接きいてください」といってプランタ人が笑った。そしてアンタムを見つめる。すると両者とも大声で笑いはじめた。笑いがおさまってようやく、グリオルは向きなおった。

「あなたはほんとに変わったかたです」という。「そこになにかがあれば、壊そうとする。そこになにもなければ、見ようとする。ひどい話ですよ。ザイムは永遠に失われました。もう、導きを得ることはできません！」

その言葉がなにを意味するのか、フェル・ムーンには理解できなかった。だから近よった。「どこにある？」とたずねる。

「見せてやれ！」アンタムがレム・タ・ドゥルカに向けて叫んだ。

レム・タ・ドゥルカはシートからおりて壁ぎわにあった容器を手にとる。それを開けて、カルタン人の足もとに一キログラム分の金属粉をぶちまけた。

「ほら、どうぞ。粉々になったんですよ。たぶん、エネルギーを使いはたしたんでしょう。理由は訊かないでください。訊かれたって、わからないんですから。では、ごきげんよう。あなたとかかわっているひまなんてありませんから！」

フェル・ムーンが目を大きく見開いたかと思うと、悲しみのようななにかが表情に浮かんだ。身をかがめ、指先で金属粉に触れる。なにも感じない。電気すらはしらない。

〝残念だ〟と思った。ハンガイ出身の二名をもう一度眺めてから、踵《きびす》を返し、急ぎ足で出ていった。

伝説と真実

クルト・マール

登場人物

ジュリアン・ティフラー……《ペルセウス》指揮官
ボルダー・ダーン…………同副官
ニア・セレグリス…………同乗員。ティフラーのパートナー
ヴァンダ・タグリア…………同探知チーフ
ガリバー・スモッグ…………《カシオペア》乗員。異生物学者。砲手
ティリィ・チュンズ…………同乗員。探査担当。ブルー族
デグルウム……………………感情分析学者。アノリー
ガヴヴァル……………………視覚操作学者。アノリー
シルバアト……………………鼻哲学者。アノリー
ミラコ…………………………惑星ターミナル・ホープの軍最高司令官

1

壮大な光景だった。

恒星ガムクアムに照らされて、大型宇宙船が赤金色に光り輝いている。スペースフェリーの客室の壁には大きなスクリーンが設置されていた。窓のように利用でき、乗客は各自好きな方角を眺めることができる。映像の奥のほうでは、緑青《ろくしょう》の地表に金色に輝くかすみと白い雲の塊りが浮かぶ惑星マレーシュが見えていた。かすみ状の大気の層をつつんでいるのは、漆黒の宇宙空間だ。暗闇の背景に何千ものきらめきがちりばめられていた。テラナーの星図でNGC7331、つまりネイスクール銀河を構成する星々だ。

宇宙船はクロスボウのようなかたちをしていた。細い船体の端から左右にアーチ状の構造がのびていて、ほぼ半円形にひろがっている。船体中央部は短剣のような形で、アイスクロウやヴァアスレ人やクテネクサー人の宇宙船に似ているが、この船のほうが構成部分の接合部がはっきりと見てとれる。そこかしこにあるなだらかなドーム状の構造物からアンテナが伸び、とくにくわしくない者でさえ、砲塔の位置を特定できた。

スペースフェリーを動かしているのはロボットだ。ロボットの巧みな制動により、フェリーは大型宇宙船のわきにぴたりとよせられた。フェリー乗客の六名が見つめる右舷側のスクリーンには、《ヤルカンドゥ》の船体がうつしだされていて、まるで壁のようだ。その輝く船体から八十メートルの距離でフェリーは相対的に静止した。そこから宇宙船とフェリーは、惑星マレーシュを中心にした同じ軌道上を同じ速度で周回することになる。フェリーから大型宇宙船に向けて、銀色に輝くチューブが伸びた。金色の肌にできたこぶのような数メートルの高さの構造体と構造体のあいだでエアロックが開き、四角く照らしだされた。チューブはその開口部へ近づき、開いたエアロックの縁に接着した。

銀色のチューブに一瞬だけ衝撃がはしったが、すぐに安定した。空気が注入されたのだ。

ジュリアン・ティフラーはシートベルトをはずし、立ちあがった。嘲笑とも同情ともとれる形容しがたいまなざしで、五名の同行者を順番に見つめた。最初はニア・セレグリス。なにかを問いたそうにしている彼女に向けて、ティフラーはほほえみかけた。

「この冒険に挑むことに、きみたちの全員が同意してくれた」ティフラーは話しはじめた。「われわれの前には、おそらく銀河系出身の者がこれまで経験してきたなかでも、最大級の試練が待ちかまえているだろう」表情が険しくなった。「ブラック・スターロードの謎を解き、故郷へつながる道を見つけるために、われわれはデグルウムの申し出を受け入れた。アノリーを無条件に信用するというのは、たしかにリスクが高い。だが、わたしはわれわれのこれからを楽観視している。きみたちの表情に、そのような不安ではなく、もっとこう、冒険に挑む前向きさみたいなものが浮かんでくれるとうれしいのだがな」

ボルダー・ダーンがシートから、バネ仕掛けのように勢いよく立ちあがった。

「イル・シラグサに会えると約束してください」そしてこうつづけた。「わたしの冒険心にはかぎりがありません」

「こいつのホルモンバランスはずいぶん前から崩れてるんです」そのからだの大きさから〝エルトルス人〟と呼ばれることもあるガリバー・スモッグがぼやいた。そして真顔になって「お供します」といった。「ですが、アノリーが、本当にかれら自身が主張するほどもの知りなのか、疑問には思います。そうでしょう。これまでわれわれは、無知であるせいで、あちこちへと振りまわされてきました。いまはとにかく、たしかな情報が必要です」

「アーメン」ヴァンダ・タグリアがつけ足した。

惑星プロフォス出身で《ペルセウス》の探知機を担当するタグリアは、外見はさほど印象的ではない。身長百六十八センチメートルで、カジュアルな服装を好む目立たない存在だ。噂では、かつて泥沼の情事を経験し、深く傷ついたそうだ。そのため男嫌いになり、自分を美しく見せることをやめたといわれている。だが、彼女の仕事の才能が一流であることを否定する者はいないし、機転の利いたユーモアの持ち主であることも知られている。事態が深刻になりすぎたとき、何度彼女のユーモアが場をなごませたことか。だが、けっしておしゃべりなわけではない。その言葉は短いが的確だった。

「アノリーに、グルメの要求に応える力があればいいのですが」ブルー族のティリィ・チュンズが口をはさんだ。

ニア・セレグリスはなにもいわなかった。そのかわりにティフラーの横に立ち、目を輝かせながら両手でその腕をつかむ。ティフラーはセランごしに彼女の体温を感じたような気がした。言葉など必要ない。

「わかった」ティフラーがいった。「さあ、いこう」

エアロックは開いていた。フェリーの外は無重力が支配する世界だ。両船をつなぐエネルギー・チューブは呼吸可能な空気で満たされているとピココンピュータが表示していたが、念のために全員ヘルメットを閉じていた。からだを水平にして、《ヤルカンドゥ》へ向かって漂う。

ひろびろとしたエアロック内で、一行は複数のロボットの出迎えを受けた。それら機械生命体のかたちはさまざまだった。まるいもの、四角いもの、さらにはヒラメのようにたいらなものもいた。シリンダータイプも、円錐タイプも、それどころか不規則なかたちをしたロボットも。デザイナーは用途に応じてかたちを決めたのだろう。どのロボットも、あたえられた任務をこなすのに最適なかたちをしていた。ロボットたちはグリップアームやそのほかの道具を装備していて、低出力ユニットがくぐもった音を立てながら生みだす人工重力場の上に浮かんでいる。ジュリアン・ティフラーには、それらのロボットは自分の知る局部銀河群でもちいられているロボット技術と同等の性能を有しているように思えた。

だからこそ、腑に落ちない部分があった。

一メートルを超える直径をもつ球体ロボットの一体が話しはじめた。共通語ネイスカムだ。セランのトランスレーターはネイスカムを完璧ではないにせよ、すでに満足のいく程度には習得していた。

「異世界からの友よ、長距離宇宙船《ヤルカンドゥイ》へようこそ。わたしどもの主《あるじ》である誉れ高き科学者、デグルウム、ガヴヴァル、シルバアトが、あなたがたがこの船でくつろげるよう願っております。デグルウムが大セレモニーホールでお待ちしております。どうぞ、こちらへ」

球体ロボットがゆっくりと移動をはじめたかと思うと、その表面がさまざまな色に光り輝いた。まるで、客人が道に迷わないように、シグナルを送っているかのようだ。優に三十体は超えるであろうほかのロボットも動きはじめた。ティフラー一行はそれにしたがう。エアロックの奥の壁で開口部が大きく開いた。開口部を過ぎると、明るく照らされたシャフトがあった。重力フィールドがロボットとゲストたちをやさしく高みへと引きあげた。セランのヘルメットを開けて、ジュリアン・ティフラーが空気をチェックした。澄んでいるが、冷たすぎず、異質な香りで満たされていた。

シャフトはある空間の床で終わっていた。ちょうど体育館ぐらいの大きさだろうか。床は円形で、直径は五十メートル強といったところ。天井はドーム状で、光はその内側からきているようだ。まばゆい光源には抽象的なシンボルが埋めこまれていた。この宇宙船を所有する三名の〝誉れ高き科学者〟の活動内容をしめしているのかもしれない。ホールの調度品はわずかだった。エキゾティックな植物がそこかしこに置かれ、空間に構造のようなものをあたえていた。壁ぎわに深紅の花房を垂らしているヤシの木のような植物が二本あって、そのあいだから階段が上にのびていた。幅広の階段が壁のカーブに沿って湾曲し、五メートルの高さに設置された演台につながっている。低い欄干《らんかん》でかこまれた演台にデグルウムが立っていた。

だが、その見た目は、ティフラーらの記憶とは異なっていた。きっと、今回のこの瞬間を重視して、それにふさわしい服装を選んだのだろう。二メートルを超えるスラリとしたその姿が、欄干の背後でそびえ立っていた。惑星マレーシュでは無色で単純な服を着ていたが、きょうは銀色に輝くコンビネーションに身をつつみ、その上から黒いマントをゆったりと羽織っている。そのマントにはきらめく繊維で模様が刺繡されていた。見ようによっては、この瞬間を祝うために勲章を身につけているようだ。卵形の頭部のアラバスター色の肌が、ドームからの光に照らされて輝いていた。ひときわひろい額の下のせまい面積に、ちいさな目、細いがしっかりとした印象の鼻、小ぶりだが唇の分厚い口が集まっている。

そうしたすべてを、ジュリアン・ティフラーは階段をのぼりながら観察した。ロボットたちはシャフトの出口近くでじっとしたままだ。

デグルウムが話しはじめた。人類の耳には心地よく響く声で話されるネイスカムは、その言語に慣れていない者でさえはっきりとわかるほど、強いアクセントで満ちていた。

「ようこそ！」デグルウムが演台から声をかけた。その声がホールを満たした。アンプとそこらじゅうに設置されたスピーカーが、その単純な挨拶に荘厳な雰囲気にふさわしい重みをあたえる。「遠方からやってきた友よ、心から歓迎します。あなたがたがわたしの提案を受け入れたことを、うれしく思っています。《ヤルカンドゥイ》は準備がととのっています。あなたがたが船内でおちついたら、すぐにでも出発しましょう」

「どこへいくのだ？」ジュリアン・ティフラーが大声でいった。

「あなたがたには疑問があります」アノリーが応じた。「あなたがたは過去の謎を解こうとしている。われわれは答えを見つける旅に出るのです。最初の目的地はブラック・スターゲート、シンテクスのコントロールシステムです。ですが、その前にそこにいるロボットたちに、あなたがたをキャビンに案内させましょう」

「感謝する、デグルウム」ティフラーがいった。「きみのおかげで、われわれは知識を得ることができそうだ。きみが望むなら、そのお返しに、スターロードがいまだに通じていない宙域の情報を教えよう」

＊

ジュリアン・ティフラーとニア・セレグリスにあてがわれたキャビンは、テラならスイートルームと呼べる部類の空間だった。ほかのメンバーと同様、大きな宇宙船の船尾近く、船体と三日月形のアーチ構造がつながっているエリアに位置し、メインルームが三つとたくさんの小部屋が、左舷から右舷へと横断するようにならんでいた。家具はすくなかったが、異世界からの友が望むなら、すぐに追加の家具をもってくるとロボットの一体がいった。ジュリアン・ティフラーは、一行がフェリーの船内に置いてきた荷物についてたずねると、まもなくとどけられるという答えが返ってきた。その問いは重要だった。というのも、テラナーたちやブルー族にとって船内での食事だけではたりない栄養を補うための濃縮栄養素が荷物にふくまれていたからだ。

ニアとジュリアンは追加の家具は断り、いまあるものだけで満足することにした。そこを快適にしすぎることにためらいをおぼえたのだ。ティフラーらの願いが聞きとどけられるかぎり、《ヤルカンドゥ》での旅は短いものになるだろう。ネイスクール銀河の端では、《ペルセウス》と《カシオペア》がかれらの帰還を待っている。ひょっとしたら《バルバロッサ》もすでにもどっているかもしれない。このちいさな船隊は一一四四年三月一一日に惑星フェニックスをスタートし、シラグサ・ブラックホールを抜けて故郷銀河へもどる道を探す旅に出た。そしていま、四月が終わろうとしている。三隻の宇宙船はすぐにでも局部銀河群にもどらなければならない。

しばらくすると、約束どおりに荷物がとどいた。ニアとジュリアンはキッチンに設置された自動調理機をためしてみた。操作はかんたんだった。器具に使われているピコンピューターが料理の素人にも対応できるように設定されていて的確な指示を出してくれたので、できあがった軽食はおいしかった。

三つのメインルームには複数の映写機が設置されていた。壁に設置されたスクリーンには窓をシミュレートする機能があり、そこから外の宇宙を眺めることもできた。恒星ガムクアムは大型銀河NGC7331の中央ゾーンに位置している。画面で輝いている星の数の多さは圧巻だった。銀河中央の恒星集団の大半は、スペクトル型O、B、あるいはAに属する若くて熱い星だ。それに対して、ガムクアムは例外で、すでに何十億年も存在している。ベテルギュース型の巨星で、寿命がつきようとしていた。五百万年から六百万年後には燃料がつき、崩壊が起き、最終的には赤色巨星からブラックホールに生まれ変わるだろう。

ジュリアン・ティフラーが最後のひと口を楽しんでいたとき、デグルウムがインターカムで連絡してきた。ただし姿は見せず、大きなスクリーンの映像は変わらなかった。トランスレーターがアノリーの言葉を翻訳した。

「友よ、あなたがたが船内で快適にすごせていることを願います。望みがあるなら、ロボットにお申しつけを。かれらはあなたがたに仕えるのが役目ですので。《ヤルカンドゥイ》はまもなく加速します。すでに説明したように、最初の目的地はブラックホールのシンテクス。時間はあまりかかりません。事象の地平線の下で停止します。制御ステーションをお見せしましょう」

ジュリアン・ティフラーは聞き流していた。というのも、自分の考えでいそがしかったからだ。目の前のスクリーン内で惑星マレーシュが動いたのを見てはじめて、《ヤルカンドゥ》が移動を開始したことに気づいた。

マレーシュ……いらだちの募る旅の四つめの寄港地！　シラグサ・ブラックホール経

由で故郷銀河へ出るという当初の計画は実現できなかった。シラグサの制御ステーションは遷移インパルスにも転送インパルスにも反応せず、かわりに三隻の船団をまったくべつの方向へはしるスターロードへと放射したのだった。まもなく、《バルバロッサ》と《カシオペア》と《ペルセウス》からなる小船隊はべつのブラックホールの事象の地平線下にあらわれ、そこでアイスクロウという種族の代表者とはじめて接触したのである。アイスクロウはブラック・スターゲートを管理していた。かれらは自分たちが管理するゲートを特定のスターロードにつなげることができた。そのため、〝転路係〟と呼ばれていた。ティフラー一行の三隻の宇宙船がモイシュのスターゲートにあらわれたのを見て、アイスクロウらは仰天した。なぜなら、モイシュは〝スヴェルダイスタ〟、つまりもはやスターロードとつながっていないため、機能しなくなったスターゲートだったからだ。植民惑星のムウルダウ＝カウプで、謎の情報源からティフラーらをマウルーダ星系の惑星カアリクスへ送りとどけよという要求がもたらされた。カアリクスにはヴァアスレ人が住んでいた。ヴァアスレ人もブラック・スターロードと関係していた。知識に富むヴァアスレ人は、いわばアイスクロウの上官のような存在だ。かれらと出会って以降、ギャラクティカーは第一の転路係と第二の転路係を区別するようになった。

ヴァアスレ人との遭遇は、ジュリアン・ティフラーとその仲間たちに、あまり多くをもたらさなかった。第一の転路係にも、第二の転路係にも、ティフラーらがスターロードのつながっていないスターゲートから出てこられた理由が理解できなかった。かれらはどこからともなくやってきた訪問者たちに不信感をいだき、ジュリアン・ティフラーを〝嘘つき〟と呼んだ。そうこうするうちに、クテネクサー人の代表者との接触に成功した。そのころまでには、ブラック・スターゲートとブラック・スターロードに関しては、さまざまな知識階層が関係していることに、ティフラーは気づいていた。いちばん下の階層がアイスクロウ、その次がヴァアスレ人だ。クテネクサー人がさらにその上、そして最上層にギムトラが居すわっている。クテネクサー人を代表するポンティマ・スクドは、信頼できる記録を通じてスターロードとつながっていないと証明された宙域から、三隻の宇宙船があらわれた理由を説明することはできなかったが、すくなくとも、それが可能なのかもしれないと疑うだけの知性は有していた。ポンティマ・スクドは、かしこいギムトラたちなら答えを知っているかもしれないと考え、ジュリアン・ティフラーに、かれと数名の同行者を船に乗せてガムクアム星系へ飛んでもいいと申し出た。ただし、ポンティマ・スクドはひとつだけ条件を出した。その同行者にミュータントをふくんではならない、と。フェルマー・ロイドとラス・ツバイの超常的な能力に、ポンティマ・スクドらは恐怖と呼べるほどの畏怖の念をおぼえていたのだ。

ギムトラの故郷である惑星マレーシュで得られた成果は、まったく予想外のものだった。賢者のジオン・シャウブ・アインは謎めいた言葉を伝え、訪問者らに宇宙の調和について学ぶようもとめた。ブラック・スターロードに関する質問をするのはそのあとだ、と。だが同時に、〝アノリイ〟の文明についても言及し、ブラックホールのネットワークを構築したのはかれらだと明かした。そこから事態は思いがけない方向へ進んだ。まさにギムトラの賢者が口にしたばかりの〝アノリー〟によって、ギャラクティカーはそれまでずっと尾行されていたことが明らかになったからだ。デグルウムとガヴヴァルとシルバアトがティフラー一行を捕らえようとした。捕まえて、くわしく調査しようとしたのだ。だが相手が悪かった。逆に、ギャラクティカーが三名のアノリーを捕らえた。

だが、敵意はすぐに消えてなくなった。実際にブラック・スターロードを使ってみることでその仕組みを明かすというデグルウムの申し出を、ジュリアン・ティフラーは、アノリーについてほとんどなにも知らず、それが罠である可能性も捨てきれないにもかかわらず、すぐに受け入れた。

惑星カアリクスでティフラーがヴァアスレ人と交渉していたとき、重大な事件が起こった。惑星フェニックス出身の自由貿易商人だけでクルーが構成される《バルバロッサ》の副長にしてカルタン人のフェル・ムーンが、ジュリアン・ティフラーの消極的なやり方に反発して、そろそろネイスクールを、テラのいいまわしを使うなら、痛い目に遭わせるべきだと主張した。だがその言葉もティフラーに無視されたため、短気なカルタン人はすぐに《バルバロッサ》にもどり、ジュリアン・ティフラーから許可を得たと嘘をついて、船をスタートさせたのだ。《バルバロッサ》がどこに向かったのか、だれも知らなかった。ティフラーはフェル・ムーンの血がのぼった頭にもそのうち理性がもどり、マウルーダ星系にもどってくるだろうと期待した。《カシオペア》と《ペルセウス》はマウルーダ星系で待機している。

故郷銀河がどうなっているのか、だれにもわからない。ジュリアン・ティフラーの心に焦《あせ》りが募っていった。ペリー・ローダンは、パルス・コンヴァーターを使ってクロノパルス壁を打ち破り、故郷銀河の中心部へ突入することをめざして、《シマロン》と《ブルージェイ》でフェニックスをスタートしていた。それ以来、かれの噂は聞こえてこない。おそらく、試みが成功したからだろう。二週間後、ティフラーの遠征隊も移動を開始した。イホ・トロトがブラック・スターロードで経験したことから、シラグサ・ブラックホールをとおって故郷銀河に入れるかもしれないと考えたからだ。だが、試みは完全な失敗に終わった。クロノパルス壁の内側どころか、五千万光年もはなれた銀河NGC7331に漂着してしまったのだ。そこは、その地方で使われる共通語ネイスカムでネイスクールと呼ばれていた。この飛行により、謎がひとつ増えたことになる。《バルバロッサ》と《カシオペア》と《ペルセウス》はかなりの長距離をきわめて短時間で移動した。だが、ポヴァリスロング王の艦隊からミモト・ブラックホールへ逃げこんだ当時のイホ・トロトは数百年のときをかけて移動した。M－87から故郷銀河への距離のほうが短く、四千万光年でしかなかったにもかかわらず、だ。この違いはなんだろうか？　旅行者がブラック・スターロードですごす時間を決める要因はなんだろう？

当然ながら、ジュリアン・ティフラーは故郷の銀河系へ帰還することを望んでいた。アイスクロウの植民惑星がある球状星団にもどり、三隻の宇宙船でまっすぐモイシュ・ブラックホールに飛びこむことも、何度もくり返し検討した。着いた場所からなら、もとの場所にもどれるのではないかと考えた。ためしてみる価値はあると思った。だがそうこうするうちに、ここではたしておくべき使命があるとも考えるようになった。もし、ブラック・スターロードの秘密を解き明かすことができれば、自由商人たちのもくろみの実現にとってきわめて貴重な情報を手に入れてから、故郷にもどることができる。たしかに、ネイスクールにとどまる時間がのびるにつれて、ティフラーの焦りも強くなった。だが、ほかに選択肢はなかった。知るべきことをすべて知るまで、ここで粘らなければならない。

もうひとつ、ここにとどまる理由があった。デグルウムとはじめて話したとき、〝カンタルイ〟という言葉が出たのだ。アノリーが自分たちの支族と呼ぶそれは、技術的な、そして遺伝子工学的な完成をもとめて、数百年前にネイスクール銀河を去っていったそうだ。

故郷銀河を支配する暴君カンタロに関する情報を得るためなら、ジュリアン・ティフラーは宇宙の最果てにでも出向いたことだろう。

＊

事象の地平線下の微小宇宙は乳白色の光で満たされていた。ブラックホールの強大な力によってとりこまれ、出口を失った光だ。しばらく飛行すると、茫洋とした光の奥からシンテクス・ステーションが姿をあらわした。シンテクスは安定軌道上を移動していた。デグルウムの説明によると、特異点から地平線までの距離を一とした場合、その四分の三の位置に安定軌道がある。ブラックホールの外からシンテクスの周回データを計算すれば、そのステーションは光とほぼ同じ速度で移動し、特異点を中心として周回するのに一秒もかからないという結果が得られるだろう。しかし、ブラックホールの内側から眺めると、ようすはまったく異なっていた。微小宇宙内は、通常宇宙とは大きく異なる独自の時空間が支配している。

シンテクス・ステーションは角材のようなかたちをしていた。長さは四百メートル、断面は一辺八十メートルの正方形だ。《ヤルカンドゥ》が慎重にシンテクスに近づいていたころ、ジュリアン・ティフラーとニア・セレグリスは司令室にいた。デグルウムが操縦席にすわっている。だが、実際にはなにもする必要がなかった。船は自動で操縦されていた。司令室は《ヤルカンドゥ》船首の先端部にあり、数々のハイテク機器をそなえていたが、みずから宇宙船に精通するティフラーにしてみれば、感心こそすれど、驚くほどのものではなかった。ロボットを最初に見たときにいだいた疑問が、また頭に浮かんだ。

「制御ステーションはどれも構造が大きく異なっているが、理由はあるのか?」ティフラーは問いかけた。「ボウスホルの制御ステーションは塔のようだった。ずいぶん昔の楽器のようなかたちをしたステーションがあることも知っている。かたちがぜんぶばらばらなのには、なにか特別な意味があるのか?」

「画一性は精神の成長を妨げます」ティフラーの言葉をトランスレーターが翻訳するのを待ってからデグルウムが答えた。「それに、各制御ステーションの働きはそれぞれ異なっていることも忘れてはなりません」

いまのデグルウムは、シンプルな汎用コンビネーションを身につけていた。マレーシュではじめて会ったときと同じものだ。聞いたところによると、分厚い上唇の上にあるちいさなグレイのほくろのようなものは〝共感バロメーター〟だそうだ。そういわれても、なんのことだかよくわからないのだが。左の耳たぶでは、ちいさなクリスタルがダイヤモンドのようにきらめいていた。デグルウムはそれを〝アドバイザー〟と呼んだ。ジュリアン・ティフラーはそれを、アノリーが思考の力で、つまりプシオン・シグナルをもちいて操作できるピコンピュータだと予想している。おそらく、デグルウムたちアノリーにとっては、そのような技術をからだに直接装着するのはふつうのことなのだろう。この意味で、カンタロに通じる部分がある。故郷銀河の支配者たちは、身体構造のおよそ五十パーセントがシントロニクス部品でできている。もはや、真の合成生物と呼んでさしつかえない。

その点、アノリーはまだ遠くおよばない。ガヴヴァルは銀色のコンタクトレンズをつけていて、そのきらめきはきれいではあるが、まなざしは不快に感じられる。シルバアトは、鼻にはフィルターが、皮膚には微小デバイスを埋めこんだ部位に暗い色の斑点がいくつかあった。アノリーたちはみずからのことを科学者あるいは研究者と呼ぶ。身にまとう機器を研究に役だてているのだろう。

いまデグルウムから聞いた説明は、ジュリアン・ティフラーにはあまりにあたりまえで、答えになっていないと思えた。だが、そのことを口に出すことはしなかった。そうこうするうちに、《ヤルカンドゥ》はシンテクスにかなり接近していた。船底と角材のあいだにはわずか数メートルの隙間しかない。デグルウムが命令すると、《ヤルカンドゥ》の船体からシンテクス・ステーションへ向けてエネルギー・チューブが伸びた。角材の壁の一部が正方形のかたちに開き、チューブの先端がその開口部に接続するやいなや、チューブに空気が送りこまれぴんと張った。船とステーションがつながったのである。

「さあ、いきましょう」デグルゥムがいった。

「仲間を連れていきたいのだが」ティフラーがいった。「かれらに呼びかけるにはどうすればいい？」

デグルゥムがインターカムの使い方を説明すると、ジュリアン・ティフラーはのこりの仲間四名に、船底にあるエアロックに向かうよう通達した。そしてまたアノリーに向きなおる。

「ガヴヴァルとシルバアトもくるのか？」ティフラーはたずねた。

「かれらには研究があります」デグルゥムが答える。「同行する時間はありません」

トランスレーターは〝研究〟という言葉を強調した。デグルゥムがふだんとは違う発音でその単語を話したということだ。それをどう解釈すればいいのか、ジュリアン・ティフラーにはわからなかった。シルバアトとガヴヴァルは研究でいそがしいのでステーションに同行できないという説明も、どうもすっきりしない。だが今回も、それ以上深入りすることは避けた。アノリーの考え方は人類のそれとは異なっている。ゆっくりと時間をかけて、たがいに慣れていくしかない。

エアロックに集合したギャラクティカーはセランを身につけていた。一方のデグルゥムは、汎用コンビネーションという軽装のままだ。なんの危険も恐れていない証拠だろう。かれにとっては、シンテクス・ステーションの訪問など、散歩みたいなものなのだ。

エネルギー・チューブの終わりにあったエアロックはとてもせまく、七名も入ればぎゅうぎゅう詰めだろう。エアロック内にはなにもなかった。床も壁も天井も見るからに古く、最高の建築素材でさえ時間には勝てないことを証明していた。天井と壁の角には黄ばみも見える。床にはひび割れた部分すらあった。

　デグルウムの呼びかけでハッチが開いた。アノリーがゲストたちを明るく照らされた幅広の通廊に導き、こう説明した。

「シンテクス・ステーションは全自動です。やってくる宇宙船は遷移インパルスを放出しますし、去っていく船は転送シグナルを発します。ステーションはそうしたインパルスを処理し、当該の宇宙船をそれが望む方角へ向かわせるのです」

　デグルウムはそう説明しながら通廊を歩き、ティフラーらはあとにつづいた。通廊の左右の壁はなめらかで、継ぎ目は見あたらない。人工的な重力があり、ピコンピュータによるとその値《あたい》は〇・九一Gだった。

「メンテナンスは？」ジュリアン・ティフラーがたずねた。「ステーションに自己メンテナンス機能が備わっているのか？」

「このステーションは永遠に存在できるようにつくられています」デグルウムが答えた。

「なにかを修理する必要などありません」

　この答えにはティフラーも驚いた。メンテナンスの必要がないシステムなど存在しない。機械、機器、道具がもちいられ、エネルギーが使われるかぎり、かならず劣化が生じる。この古さから見るに、シンテクス・ステーションもなんらかの問題をかかえてきたにちがいない。それらを解消したのはだれだ？　デグルウムはなぜ話そうとしない？

およそ百メートルのち、ハッチの前で通廊は終わっていた。

「この先にコントロール・ルームがあります」デグルウムがいった。「お見せしましょう」

「全自動のステーションにコントロール・ルームが必要なのか？」ジュリアン・ティフラーがたずねた。

ニア・セレグリスがかれを、感心するような、それでいてばかにするかのような目で見つめた。ティフラーがアノリーから情報を引きだそうとしていることに気づいたのだ。

「ときにはステーションのプログラムにない輸送プロセスをコントロールする必要があります」デグルウムが答えた。「その場合、われわれのだれかがここへきて、必要な操作を行なうことになります」

「そのだれかは、どうやってここにくる必要があることを知るのだ？　通達でも受けとるのか？」

「そのとおりです」

「どうやって？」

「エネルギーの地平線をこえるハイパー通信です」

トランスレーターは翻訳したが、無意味なおしゃべりがつづいていることには気づかないようだ。

「きみはそうした通達を受けとったことは？」ティフラーが問いかけた。

「ありません」

「ガヴヴァルやシルバアトは？」

「わかりません。ご自分でおたずねになってください」ティフラーの質問攻めに対して、デグルウムははじめて困惑をしめした。「質問はそれぐらいにして、わたしがお見せするものをぜひごらんください」

ジュリアン・ティフラーはその言葉にしたがい、ひとまず口を閉ざした。ハッチが開いた。コントロール・ルームは半楕円形で、蹄鉄《ていてつ》のようなかたちをしている。壁に沿ってたくさんの装置がならんでいて、その多くには使用者のための座席も設けられていた。外見だけにかぎっていうと、それらは《ヤルカンドゥ》船内にあった機器とは大きく異なっている。ここでも老朽化のあとが見えた。

「このステーションはいつからある？」ジュリアン・ティフラーがたずねた。

「あなたの記憶がはじまるずっと前からです」デグルウムがあたりさわりのない答えを返した。

そして装置のひとつに歩みよる。

「これが主要なコントロール・ユニットです」デグルウムはつづけた。「このコンソールから、ステーション全体を制御できるのです。すでに説明したように、プログラムされていない操作が必要な場合にかぎって、の話ですが」

そのコンソールにはさまざまな色のインジケーターがともっていた。デグルウムが片手でいくつかのコントロール・パネルに触れると、インジケーターがついたり消えたりした。色を変えたものもある。それ以外にはなにも起こらなかった。

「ここからではなにも見えない」ジュリアン・ティフラーが気づいた。「外のようすを見る方法はないのか？」

「ございます」デグルウムがいった。「ですが、ふだんは必要ありません。視覚でとらえられるほどの距離にまで宇宙船が近づいてくることなど、めったにありませんから」

「だが、《ヤルカンドゥ》は見えるはずだ」ティフラーは引かなかった。「見せてくれるか？」

ティフラーの狙いがなんなのか、仲間たちは悟った。

「なにか実演してください」ボルダー・ダーンが叫んだ。「遷移インパルスで《ヤルカンドゥ》をどこかへ飛ばしたり、また呼びもどしたりできるのでしょ」

「残念ですが、不可能です」アノリーがいった。「《ヤルカンドゥ》を送り出すことは可能ですが、べつのスターゲートに出てしまいます。もどってくるには、船内のだれかが適切なシグナルを発信しなければなりません。ガヴヴァルとシルバアトはそのようなことを想定していません。自分たちになにが起こったのか、理解もできないでしょう。そのようなことは、したくありません」

「オートパイロットにあらかじめ命じておけばいい」ガリバー・スモッグが提案した。

「そんな面倒なことは」デグルウムが断った。「ところで、まもなくシンテクスを去ることになりますので、そのさいにオートパイロットと制御ステーションがどのように結びついているのか、実際にお見せできるでしょう。みなさん、《ヤルカンドゥ》を見たいのですよね。その願いをかなえましょう」

そういうと、デグルウムはふたたび手でコントロール・パネルに触れた。きれいにならんだパネルのひとつひとつに触れるたびにピッと音が鳴ったことから、今回は実際になにかが操作されたようだ。数秒後、空気中にスクリーンが実体化した。ステーションをつつむ乳白色の光がうつしだされている。だが、《ヤルカンドゥ》の姿はどこにもなかった。

「お待ちを」アノリーがいった。「画角を調節しなければなりません」

そういって操作をつづけた。映像に動きが生じた。仮想のカメラがステーションのまわりをぐるりとまわった。《ヤルカンドゥ》が視界に入ったかと思うとまた消えた。デグルウムはいくつかのボタンを押した。カメラがもどってきて、《ヤルカンドゥ》をふたたびうつしだした。そこで映像がとまった。

「《ヤルカンドゥ》です」デグルウムがいった。

「ああ、《ヤルカンドゥ》だ」ティフラーがうなずいた。「さっき、もうすぐシンテクスを去るといっていたが、そのあと、どこへいくのだ？」

ティフラーには、その言葉を聞いてデグルウムがほっとしたように思えた。かれにとっては、次の目的地について訊かれるほうが、ほかのどの質問よりも答えやすいのだろう。

「ゴランダアルです」デグルウムが答えた。

「それはなんだ？　どこにある？」

「ゴランダアルとは、イスクール銀河から数百光年はなれた場所にある小銀河のことです」アノリーが説明した。「ゴランダアルに〝アギーリ〟という特別な性能をもつブラック・スターゲートがあります」

「なぜそこへ」ジュリアン・ティフラーが問いただした。

デグルウムの目にかすかな輝きが宿った。ようやく会話が自分主導になったのをよろこんでいるようだ。

「あなたには疑問があるのですよね？」デグルウムは答えた。「きっとゴランダアルで、答えのひとつが見つかるでしょう」

2

シンテクス・ブラックホールにおける遷移インパルスのやりとりは滞りなく終了した。そのさいに《ヤルカンドゥ》のオートパイロットと制御ステーションの制御メカニズムが結びついているようすが見られるという話だったが、その点は期待はずれだった。有機的な生物の思考力では追いつけないスピードでオートパイロットとステーションの対話が行なわれ、一瞬で等方性の白い霧のような光が消えたのだ。数秒間、スクリーンには暗闇だけがひろがっていた。また明るくなったかと思うと、最後には宇宙空間の闇とゴランダアル小銀河の星々のまばらな光点がうつしだされた。

シンテクスから出発したあと、ジュリアン・ティフラーとニア・セレグリスはすぐに自室にもどった。ふたりとも疲れていた。長い一日だった。くわしい説明のすえ、ようやくキッチンの自動調理機がドリンクを出した。すこし想像力を働かせれば、おやすみのドリンクと呼べないこともないだろう。ふたりはリビングルームと名づけた部屋の片すみに置かれていたちいさなテーブルをはさんですわり、きょうの出来ごとを振り返った。

「可能性はふたつ」ジュリアンが考えこみながらいった。「かれは本当にブラック・スターゲートのことをなにも知らないのか、情報をかくすために知らないふりをしているのか」

ニアは首を横に振った。

「わたしの予想では、かれは種族の頂点に立つ存在よ。だからこそ逆に、くわしいことを知らないの。全体像は理解していても、細かい質問をすると答えられない。この点はまちがいないと思う。だから、わたしはそこには興味がないの。わたしが知りたいのは、もっとべつのことよ」

「たとえば？」

「デグルウムとガヴヴァルとシルバアトはなにをしているの？　研究者だか、科学者だか知らないけど、宇宙のあちこちへ飛びまわって、ずっと研究とやらをしているだけなの？　三名だけで、ずっとせまい星間宇宙船に閉じこめられて？　寂しくないの？　いつも同じ顔ぶれで、けんかとかしないの？　それにさっきのあれ、大セレモニーホールってなに？　宇宙船内にそんなものが必要なの？」

ジュリアンはほほえんだ。

「おもしろい疑問だ」という。「われわれの計画にとってはさほど重要ではないが、おもしろい。あと数日はかれらアノリーと行動をともにすることになるだろう。そのうち、かれらの慣習についてもっと多くを知ることができるさ」

ふたりは平穏な数時間をすごした。エキゾティックな音楽のやさしい調べで目をさます。数分後、アノリーの声が聞こえた。ふたりともすぐに気づいたが、その声の主はデグルウムではなかった。

「目的地が近づいています。数時間後には、目視できるでしょう。それまでごゆるりと、身支度や食事をおすませください。旅の進展については、随時お知らせいたします」

ジュリアン・ティフラーとニア・セレグリス以外のメンバーは個室をあてがわれていた。そのため当然ながら、各自ばらばらにジュリアンとニアのドアをノックしては、いっしょに朝食をとらないかと声をかけてきた。全員が朝食と呼んだのだから、クロノメーターに表示される時間とは関係なしに、それを朝食と呼ぶのは正しいことなのだろう。

自称グルメのガリバー・スモッグの命令にしたがって、自動調理機が、ほんのりと卵とベーコンの味がする粥《かゆ》状のなにか、そしてコーヒーともブイヨンともつかない濃い色の飲み物をつくった。ティリィ・チュンズは自分で調理した。〝エルトルス人〟よりも上手にできたことは、だれの目にも明らかだった。ガリバー・スモッグは、自分がつくったものは、すくなくとも味の面ではプラームダ・エスカルゴと同じぐらいおいしいと主張したが、それを証明することはできなかった。ほかの五名がどんよりとした色のべちゃべちゃと、どろんとした褐色のソースを口にするどころか、見ることさえも拒んだからだ。

食事をしながら、ここ数日間の出来ごとについて話し合った。シンテクス・ブラックホールの制御ステーションの仕組みについてデグルウムがうまく説明できなかった点には、全員が気づいていた。デグルウムはアノリーのなかでもかなりの高位なので、技術の詳細について知らないのもむりもない、というニアの仮説に全員が同意した。ただし、ジュリアン・ティフラーには、この解釈には腑に落ちない部分があると思えた。だが、それを指摘することはあえて避けた。自分の説を発表するには、もうすこし情報が必要だった。

《ヤルカンドゥ》が到達したブラックホールはネイスカムで〝アギーリ〟と呼ばれている。このブラックホールをテラ語とインターコスモでは〝アギーレ〟と呼ぶことで、意見が一致した。こうして、物議をかもした南米の植民地化を推し進めたスペインの英雄の名が、壮大なときをへだてたのちに、五千万光年はなれた場所にあるブラックホールの名となる栄誉を授かったのである。

ちょうど食事を終えたころ、アノリーから連絡があった。

「まもなく目的地が目視できます」その声は告げた。「みなさまを大展望室へご招待したいのですが。迎えのロボットをすでに送り出しました」

「ありがとう」ティフラーは応じた。

数体のロボットがすでにハッチの前で待っていた。その代表である、表面がさまざまな色で光る球体ロボットが先導役をつとめた。数歩移動しただけで、開いたハッチにたどり着いた。その前でロボットたちが停止した。

「みなさんは船内の移動システムをまだご存じありません」球体ロボットがいった。

「このハッチを通り抜けても、驚かないでください。一瞬でシルバアトがいるところに出ます」

ジュリアン・ティフラーが先陣を切った。開口部に足を踏み入れたとたん、まわりが真っ暗になった。ほんの一瞬だけ、自由落下するかのような不快感がひろがったが、すぐにまた光がもどってきた。あたりを見まわした。

そこは直径十五メートルほどの円形のプラットフォームで、そのプラットフォーム自体は巨大な球形の空間内で人工重力フィールドに支えられて浮いていた。壁には蛍光プレートがはめこまれていて、心地よい光をはなっている。プラットフォームは透明な素材でできているので、足もとも底まで見通すことができる。プラットフォームには背もたれの高いシートがいくつか置かれていた。いかにもアノリーらしい、やや硬そうなつくりだ。そのうちのひとつにシルバアトがすわっていた。肌に斑点が、鼻にフィルターがあるのですぐにわかる。ティフラーに向けてやさしく手を振った。

ティフラー一行のほかのメンバーも、順番に実体化した。最初はニア・セレグリス、最後はボルダー・ダーンだった。みんな、つとめて冷静にふるまった。ネイスクールの転送技術は目を見張る性能だった。フィクティヴ転送技術の原理にもとづいていて、こと転送に関しては、銀河系の技術よりもすくなくとも百年は進んでいるだろう。ネイスクールのフィクティヴ転送機をはじめて目のあたりにしたのは、アイスクロウに出会ったときだった。かれらはオレンジ色が特徴的な作業服にそなえる技術のひとつとして転送ユニットを常用していて、信じられないほどの機動性を有していた。

シルバアトが立ちあがった。ゲストの一団に歩みよる。耳を澄ませば、その鼻につけたフィルターが呼吸のたびにかすかに震えて音を立てているのがわかった。

「あなたがたにも、宇宙の完全さの香りを、さらにはきょうという日が探究心にもたらす満足感のにおいを、かぎとることができるのではありませんか？」それが挨拶の言葉だった。

ジュリアン・ティフラーは思わず息を吸いこんだ。

「いや、なんのにおいもしないが」と、驚いて答える。

「ああ、友よ」シルバアトが笑顔を浮かべた。「ライノソフィー……〝鼻哲学〟の秘密をお教えしましょう。どの物体にも、出来ごとにも、思考にも、感情にさえも、独自のにおいがあるのです。そしてそのにおいから、ライノソファー……〝鼻哲学者〟は宇宙の働きを理解します」

そのアノリーの言葉を真に受けるべきかどうか、ティフラーにはわからなかった。

「わたしの鼻にそれほどまでの感度があるとは思えないが」慎重に答えを切りだしてみた。

「それは違いますよ！」シルバアトが機嫌よさそうにいい返した。「どの鼻もトレーニングすることで、宇宙空間を満たす繊細でかすかな香りを知覚できるようになります。あなたも、わたしと同じように、この装置を身につければいいのです」

そういって自分の鼻フィルターを指さした。

「その話はあとでつづけよう」ティフラーがさえぎった。「いまはべつのことが知りたい。デグルウムとガヴヴァルはいっしょではないか？」

「ええ、かれらはきません」シルバアトが答えた。「両者とも研究でいそがしいですから」

ジュリアン・ティフラーは納得できなかった。きのう、シルバアトとガヴヴァルはシンテクス・ステーションに同行しないのかとたずねたとき、デグルウムがまったく同じ答えを返したではないか。

アノリーたちは、いったいなにを研究しているのだろうか？どうやら、いつもだれか一名がゲストの相手をし、ほかの二名は自分の仕事をする決まりがあるようだ。そして、客のもてなし役は日替わりにちがいない。あしたはおそらくガヴヴァルの番だろう。

「デグルウムとガヴヴァルがなにを研究しているのか」ジュリアン・ティフラーが切りだした。「たずねてもいいのかな？」

シルバアトの顔に、なんとも形容のしがたい表情が浮かんだ。アノリーは次のように答えたが、ティフラーにはそれが真実だとは思えなかった。

「かれらはそれぞれの専門分野ですばらしい成果をあげています。ガヴヴァルはヴィジョナスト……〝視覚操作学者〟、デグルウムはエモーショアナリスト……〝感情分析学者〟です。かれらの研究内容について、わたしはくわしく知りません。ですが、あなたが直接おたずねになれば、きっと説明してくれるでしょう」

「わかった、たずねてみるとしよう」ジュリアン・ティフラーはいった。

「ええ、それがよろしい」シルバアトが応じた。「ですが、いまのところは話をもとにもどしましょう。においから、われわれが目的地の見える位置に到達したことがわかります。見てみますか？」

「においでわかるのか……？」

「見たいですか？」

ジュリアン・ティフラーは気をとりなおした。アノリーの奇妙さに、あるいは奇抜さに、これ以上気をとられてはならない。これでは相手の思うつぼだ。

「もちろん」ティフラーは答えた。「でなければ、ここにきた意味がない」

シルバアトは振り返り、甲高《かんだか》い声でなにかを叫んだ。トランスレーターはその言葉を翻訳できなかった。その瞬間、巨大な球形の空間が闇につつまれた。ジュリアン・ティフラーは手探りでいちばん近くのシートを見つけ、腰かける。

いや、完全な暗闇ではなかった。光に慣れていた目の反応が追いつかなかっただけだ。壁にゴランダアル小銀河の星々がまばらに浮かんでいた。みごとな光景だった。まるで、自分が宇宙空間に浮かんでいるかのようだ。下を見ても視界を妨げるものはない。プラットフォームの透明素材は完璧なまでの純度だった。

闇の奥から聞こえてきたシルバアトの声をトランスレーターが翻訳した。

「友よ、みなさんはこれから大いなる発見をすることでしょう。わたしにはそのにおいがします。あそこ、大きな赤い星のすぐそばを見てください。わかりますか？　あれが〝母の遺体〟です！」

ジュリアン・ティフラーは目をこらした。片腕にだれかが手を添えた。ニアだ。霧の染みのようなちいさななにかが見えた。数秒後、均一に見える霧の奥に不規則なかたちがあるような気がしはじめた。いくつかのちいさな粒が、周辺よりすこし明るく輝いている。そして突然、それが宇宙に漂うなにかの瓦礫《がれき》であることに気づいた。その多くはあまりにちいさく、この距離からでは個々を識別するのは不可能だった。全体としては塵《ちり》のように見える。だが、大きめの塊りもいくつか存在した。それらが粒として見えているのだ。

「あれをなぜ、母の遺体と呼ぶの？」

ジュリアン・ティフラーの真横の暗闇から、ニアの声が聞こえてきた。

「何百年も前にあれを見つけました」シルバアトが答えた。「突然、あそこにあらわれたのです。われわれは、ブラック・スターゲートのアギーリが吐き出したのだろうと考えました。ですが、アギーリは長らく使っていませんでしたので、確実なことはわからなかったのです。そこで調査したところ、まだ機能している装置が見つかりました。何千年も前の祖先が使っていたようなポジトロン装置です。そのうちのいくつかが、まだ話すことができました。われわれはその言語を分析し、装置が話した言葉を知ったのです。ですが、それをどう解釈すればよいのかまでは、わかりませんでした」

「それは答えになっていないわ」ニア・セレグリスが迫った。「あれをなぜ、母の遺体と呼ぶの？」

「解読した言葉と関係しています」アノリーがいった。「かつて瓦礫になる前のそこで暮らしていた者たちは宇宙の母を崇拝していました。わたしは宇宙の母を称える礼拝のさいに唱えられた文言を知っていて……」

ジュリアン・ティフラーはおちつきをなくした。

「聞かせてくれ!」そう叫んで、トランスレーターの翻訳をさえぎった。

シルバアトはすぐには反応しなかった。遠い記憶からその文言を思いだすのは、かんたんなことではなかった。しばらく黙りこんだのち、シルバアトは、はじめはたどたどしく、しかし、時間とともになめらかに唱えはじめた。

イルよ、イルよ、イルよ!
汝、汝こそは……
熱
光
水と空気
世界
万象
汝を讃《たた》えん、イルよ

数秒のあいだ、巨大な球形のホールを静寂が支配した。壁にはじめて見るゴランダアル銀河の星々が輝くなか、だれも言葉を発しなかった。

突然、叫び声が沈黙を破った。ボルダー・ダーンの声だ。

「イル・シラグサ！　彼女は生きているんだ！」

巨大なホールのなかでは、その叫び声さえもこだましなかった。ボルダーの言葉は口を出るやいなや消えていった。また静寂が支配した。《ヤルカンドゥ》がその瓦礫に近づき、目に見えるものが増えていった。

数秒後、こんどはニア・セレグリスが口を開いた。その声はとても冷静に聞こえた。

「ありえないわ、ボルダー」

「でも、きみも聞いただろ……！」

「あなた、前にも聞いたでしょ。ポイント・シラグサへ向かっているときに。おぼえてないの。あの船の残骸は……」

「違う！」ボルダー・ダーンがうめいた。

「いいえ、違わない！」ニア・セレグリスが否定した。「あれは巨大な宇宙船の一部だった。シラグサ・ブラックホールへもぐりこもうとして、大破したのよ。ちいさな破片はシラグサ宙域にとどまった。大きな瓦礫はどこに消えたのか、これまでは謎だった」

「きみは……きみは……」ボルダー・ダーンはまともに話せないほどの衝撃を受けていた。「あの瓦礫が……」

「……《ナルガ・サント》の残骸よ」ボルダーにかわって、ニアが断言した。

ジュリアン・ティフラーは瓦礫の砂漠をゆっくりと漂った。前もってピココンピュータに目的を伝えていたので、それに応じてオートパイロット機構がグラヴォ・パックをベクトル化した。振り返ると《ヤルカンドゥ》の輪郭が見えた。恒星が遠いため、弱い光に浮かぶ影にしか見えない。右と左にもちいさな光点が見えた。ボルダー・ダーンとガリバー・スモッグだ。両名とも、同行するといってゆずらなかった。

＊

シルバアトが古い礼拝の言葉を詠唱したときにおぼえた非現実的な感覚を、ティフラーはいまだに拭《ぬぐ》い去ることができない。それは一年前にシラグサ宙域にあった難破船の船内で聞いたのと同じ文言だと気づいたとき、背筋がぞっとした。シルバアトは宇宙の母と記憶していたが、第十八世代の生きのこりはイルという名の神話的存在を〝万物の母〟として崇拝していた。また、その難破船の司令官となった者にもイルという称号があたえられていた。当時のティフラーには、万物の母への信仰が生じたのも当然のことだと思えた。なにしろ、何千ものカルタン人が何百年もの時間を難破船内に閉じこめられ、時間とともに生存者の魂から文明が剝がれ落ち、最後には原始的な野蛮さしかのこらなかったのだから。冷たい暗闇のなかで、十八もの世代が最低限の食糧と空気をたよりに生きながらえた。そう考えると、神のような存在を信じるのも当然の成り行きだと思える。それをイルと呼ぶか、違う名前をあたえるかは重要ではない。

しかし、いまになってジュリアン・ティフラーは、当時誤解していた点があったことに気づいた。イル信仰は何世代もの時間をかけて発展したのではなく、すぐにはじまったのだ。《ナルガ・サント》は三角座銀河からきた。理由はいまだに定かではないが、かれらは窮地に追いやられたギャラクティカーの支援に駆けつけることを、自分たちの義務とみなしていたからだ。百年戦争のころの話だ。クロノパルス壁がそのころすでに存在していたのか、それともほかの理由があったのかはわからないが、とにかく巨大な《ナルガ・サント》には通常の方法で銀河系に進入することができなかった。いずれにせよ、見た目は全長九十キロメートルの小惑星に似ている《ナルガ・サント》はハロー部で身動きがとれなくなったのち、最終的にポイント・シラグサへと船首を向けた。ポイント・シラグサでは、ずいぶん前から宇宙ハンザの研究機関が活動していた。巨大なブラックホールを周回する八つの軌道ステーションで、シラグサ・ブラックホールがアインシュタイン＝ローゼン橋の終点なのか、それを利用することで宇宙のべつの場所へ短時間で移動することができるのかを見きわめるための調査を行なっていた。

その研究機関の初代の所長がイル・シラグサという女性で、いまでは伝説的な存在として知られている。彼女から名をとって、そのブラックホールもシラグサと呼ばれるようになった。《ナルガ・サント》がやってきたとき、イルはすでにそこにはいなかった。

イルは少数の乗組員とともにスペース＝ジェットに乗りこんだのだが、事象の地平線に近づきすぎてブラックホールに吸いこまれたのである。カルタン人の駆る巨大宇宙船がシラグサ宙域にやってきたときには、宇宙ハンザの研究ステーションは解体がはじまっていた。クルーはすでに爆発物を設置して、軌道ステーションを去っていた。ハンザにしてみれば、それがだれであれ、敵性のなにものかに完全なかたちの研究ステーションを明けわたすわけにはいかなかったのである。ハンザのクルーには、《ナルガ・サント》を援助する時間がなかった。できたのは、ごく短いメッセージをのこすことだけだった。

〝イルがともにあるように！〟

難破船で発見された記録からは、《ナルガ・サント》がどれだけの時間をシラグサ宙域ですごしたのかはわからない。とにかく、この船の五分の四はブラックホールに落ちた。これまでずっと、ジュリアン・ティフラーはとくに深く考えることもなしに、カルタン人の巨大宇宙船はハンザの部隊が撤退してから数日後、遅くても数週間後には惨事に巻きこまれたのだと考えていた。だが、この考えは修正が必要なようだ。《ナルガ・サント》はブラックホールに吸いこまれるさいにふたつに分裂したのだ。大きい部分はブラックホールが飲みこんだ。だが、ちいさいほうは吐き出され、何百年もの期間を銀河の外の無のなかをただ漂っていたのである。

〝それなのに、イルを神とあがめる信仰はどちらの残骸でもはじまっていた！〟つまり、

《ナルガ・サント》は何年も、あるいは何十年もシラグサ宙域にとどまっていたということだ。それだけの期間が過ぎたのちにようやく、司令官が勇気を振り絞り、その巨大な船をブラックホールに突入させたのだ。おそらく、その決断がくだされる前にすでに、乗組員のあいだで精神の崩壊がはじまっていたのだろう。任務をはたすことはできず、故郷への帰還は禁じられていたかれらには、絶望がひろがったにちがいない。絶望は宗教の肥やしだ。外界から完全に隔絶された場所でかれらが最後に受けとったメッセージは〝イルがともにあるように！〟だった。こうしてイルは神格を得て、希望を失った者たちのなぐさめとなった。

《ナルガ・サント》を襲った運命は、これまで想定されていたよりも、実際ははるかに残酷なものだった。船は引き裂かれただけでなく、大きいほうの断片は事象の地平線のすぐ上に生じる重力の渦によって粉砕された。当時、百万ものカルタン人が巨大宇宙船に乗りこんでいたそうだ。大きいほうの断片とともに、数十万のカルタン人の命が失われたにちがいない。その惨状を想像することを、理性が拒んだ。心が痛んだ。

ジュリアン・ティフラーはゆっくりと漂った。かれの向かう方角では、前方およそ百キロは瓦礫がひろがっていた。破片の多くは、幅半メートルにも満たないちいさな塊りだった。どれほどの力があれば、かつてカルタンの賢者たちの故郷だった巨大宇宙船をこれほどまでに粉砕できるのだろう！　ところどころ、大きめの破片も見つかった。数こそわずかだが、百メートルに近いものもあった。ピココンピュータがまた大きな破片を見つけた。オートパイロット機構がグラヴォ・パックをその方向へベクトル化する。

ティフラーは同行者に指示を送った。

「目標確認」ボルダー・ダーンはいつものようにやる気満々だ。

「こちらも確認しました」受信機からガリバー・スモッグがつぶやく声も聞こえてきた。

＊

それは宇宙船のかけらだった。当然だ。まっすぐの通廊、その壁は何百年もの期間、たくさんの微小隕石の飛来によってあちこちに穴が開いていた。ゆがんで半開きになったハッチも見える。

ジュリアン・ティフラーはセランのライトをともした。本来、真空中では光は円錐形にならないはずだ。だが、ティフラーは人工重力を一Gに設定して歩いて移動していたので、塵が舞いあがり、粒子がライトの光を反射した。数メートル背後をガリバー・スモッグとボルダー・ダーンがついてくる。ティフラーはゆっくりと進んだ。そこには何百年も前から生命は存在しない。それなのに何百もの目に見られているように感じる。ライトのとどかない暗闇の奥に、《ナルガ・サント》船内で命を落とした者たちの霊がひそんでいるような気がする。

半開きだったハッチをくぐり抜けたとき、ハッチの右側が完全にはずれ、真空を漂った。ハッチの裏には長方形の空間があった。その空間を隔てた対岸で、また通廊がはじまっていた。いままで歩いてきた道よりもひろいようだ。はずれたハッチはその開口部へとまっすぐに漂い、闇に吸いこまれていった。

その空間の天井には、ところどころ穴が開いていた。断熱材、エネルギーライン、梁《はり》など、天井裏にあったはずのものはすべて崩れ落ち、黒っぽい瓦礫の山と化していた。

「なにもないな」ジュリアン・ティフラーが悲しげにいった。「もどろう」

「これが本当に《ナルガ・サント》の残骸であるという証拠はまだなにも見つかっていません」ボルダー・ダーンの声がヘルメットの受信機から聞こえてきた。

「ここでは見つかるまい」ティフラーがいった。「イルへの讃歌を聞いたのに、まだ証拠がいるのか？」

「《ヤルカンドゥ》の船載コンピュータがこの瓦礫領域を測定しているところです」ガリバー・スモッグが説明した。「解析が終われば、これがもともと、どれほどの大きさと重量だったのかがわかるはずです。そうすれば、すべての疑いが晴れるでしょう」

はやる気持ちをおさえられないボルダー・ダーンが前に進み、はずれたハッチが消えていった通廊を胸のライトで照らした。その瞬間、瓦礫の山のひとつが動いた。ボルダー・ダーンは悲鳴をあげて飛びのいた。ジュリアン・ティフラーはもときた通廊のほうへあとずさりして、目の前でくりひろげられる信じられない光景を凝視した。

瓦礫が飛び散った。塵が空間を満たす。舞った塵の奥から、グロテスクななにかの輪郭があらわれた。ロボットだ。何百年もの年月の影響でポリマー金属のボディが腐食している。いまにも崩れそうな体幹の内部で壊れかけの反重力エンジンが不快な音をきしませ、腐食によってかたちの変わった腕の関節の近くでは警告灯が光った。切り株のようなロボットはギクシャクと起きあがり、恐怖から空間の右端にまで後退していたボルダー・ダーンを指した。

「頭をさげろ！　こっちへこい！」ジュリアン・ティフラーが命じた。

ボルダー・ダーンは動かない。すると、ロボットが話しはじめた。その声はヘルメットの無線をとおしてとどけられた。カルタン語だ。だが、密閉されたボディに備わるシンセサイザーは長年使われていなかったためさびつき、吐き出す言葉は理解が困難なほど不明瞭だった。

「……ぜんりょうなるばんぶつのははイルのなにお……もとをしょうめい……」

「われわれは仲間だ」ジュリアン・ティフラーが叫んだ。「テラからきた。《ナルガ・サント》の乗組員を救うためだ」

ピコンピュータが危険を察知し、すぐに反応した。ヘルメット内側の投影面にちいさなインジケーターがともり、バリアがスーツをおおったことをしめした。

「もういち……いう」ロボットがあえいだ。「……ぜんりょうなるばんぶつのははイルのなにお……もとをしょうめい……」

ティフラーの言葉を理解できなかったのだ。何百年も使われていなかったため、ロボットのシントロニクスがまともに機能しないのだろう。ロボットの腕が震え、閃光がはなたれた。ボルダー・ダーンのバリアが真っ赤に光った。そして、ロボットは崩れ落ちた。文字どおりばらばらになった。グレイの胴体に亀裂が生じていた。体内の部品が無重力空間に浮かびあがる。腕は発砲の反動で宙に高く舞い、天井にあった穴を抜けて消えていった。さっきまでロボットだったものの残骸が空間を漂い、壁にぶつかり、跳ね返された。ジュリアン・ティフラーはハッチをくぐった。ようやくわれに返ったボルダー・ダーンもそのあとにつづいた。ロボットの残骸は、これから数日あるいは数週間、難破船の破片の質量が発揮する固有重力によって相対的に静止するまで、さっきの空間内で漂いつづけるのだろう。

「撃とうなんてばかな考えをもたなかったら、あと数百年は生きられたでしょうに」あたかもロボットの死という運命に怒りをおぼえているかのように、ガリバー・スモッグが悔しそうにつぶやいた。「何百年も使っていない武器がまともに動くわけがないんだ」

「壊れていたのは武器だけではない」ジュリアン・ティフラーがつけくわえた。「自己チェック機能が働いていれば、武器を使うべきではないと自分でわかったはずだ。ボルダーはどうした？」

「ここです！」受信機から聞こえてきた。

「きみはこの瓦礫の正体を疑っていたよな」

「いえ、疑いは晴れました」いつものボルダー・ダーンらしくない簡潔な答えが返ってきた。「あのロボットが万物の母イルの名において話したのですから、この瓦礫は《ナルガ・サント》のものと考えるしかありません」

ジュリアン・ティフラーはグラヴォ・パックを前進にセットし、通廊を抜けて宇宙空間に出た。そしてあたりを見まわす。宇宙の闇を背景に、《ヤルカンドゥ》の輪郭が見えた。自分の船ではないのに、過去数分間の陰鬱な出来ごとを経験したいまは、安心感をおぼえた。

＊

エアロックに入ってすぐ、一同はいつもとようすが違っていることに気づいた。エアロックに空気が満たされるやいなや、大音響で音楽が聞こえてきた。聞き慣れない音楽だったが、テラナーの耳にも、それが成功を祝う音楽であるとかんたんに想像できた。

すぐにロボットたちがやってきた。表面があらゆる色に輝く球体ロボットが、ロボットらしくないあわてようでこう伝えた。

「ちょうどいいところでもどってきました。大セレモニーホールへお急ぎください。ガヴヴァルがすばらしいことを成し遂げたのです」

球体ロボットたちは踵《きびす》を返し、セレモニーホールへつづくシャフトへ向かって移動しはじめた。ジュリアン・ティフラーの好奇心がくすぐられた。何度も聞かされた、研究でいそがしいという言いわけ。その成果に、ついにお目にかかれるのだろうか？

大セレモニーホールは前回きたときよりも明るく照らされていた。大音響が空間を満たし、床を震わせていた。壁ぎわにはさまざまなかたちと色のロボットが浮かんでいる。《ヤルカンドゥ》にいる全ロボットが集まってきたようだ。階段のなかばでデグルウムとシルバアトが腰かけていた。背筋を伸ばして微動だにしないので、まるで装飾オブジェのようだ。階段の上の演台にはガヴヴァルが立っていた。銀色のコンタクトレンズが天井からの光を反射してきらめいていた。

アノリーたちは着飾っていた。ただし、着飾り方はそれぞれ異なっている。共通しているのは、きらびやかな装飾を施した黒いマントだけだ。音楽はだんだん音量を増し、最高潮に達したかと思うと突然鳴りやんだ。その瞬間、ガヴヴァルが話しはじめた。

「僭越ながら、わたしが行なってきた一連の実験が成功したことをご報告いたします」

アンプで増幅された声がスピーカーから聞こえてきた。「実験の結果が、視覚操作的直交修正の原則が適用可能であることを証明しました。これから実演いたしますので、わたしの発見が賞讃に値いし、さらなる開発やあらたな発展にもとめられる高い要求を満たしているか否か、ご自分の目でおたしかめください」

ジュリアン・ティフラーにはガヴヴァルの言葉はあまりに大げさに思えた。それに、〝視覚操作的直交修正〟とはなんのことなのか、想像もつかなかった。そのかわりに、瓦礫の探索に同行していなかったメンバーを見つけた。ニア・セレグリスとティリィ・チュンズとヴァンダ・タグリアは、階段の左、たくさんの植物の背後に半分かくれるように立っていた。ティフラーはかれらに歩みよった。それに気づいたニアがしずかにほほえむ。ティフラーがその笑顔を見た瞬間、あたりが突然真っ暗になった。

だが、それも一瞬だけだ。高いドームの下が明るくなった。映像があらわれたのだ。ティフラーには抽象画のように思えた。描写しようのないふたつの物体が複雑に絡み合っている。目で片方の物体の輪郭を追うと、気づいたときにはほかの物体の内部を見ているのである。ティフラーは若いころに同じような絵を見たことがあるような気がした。二次元の背景に三次元の結びつきを描くと人間の理性があざむかれる事実を、絵画で表現した画家がいた。名前はアッシャーだったか、それともエッシャーだっただろうか。

ホールのドームの下にしめされたのも、似たような絵だ。それが回転をはじめた。ゆっくりとまわるうちに、あらたな、そしてさらに複雑な側面をしめした。数分間その回転する絵を眺めながら、ジュリアン・ティフラーはいったいそれのどこが科学の進歩なのだろうかと考えた。だが、いくら考えても答えは見つからなかった。すると、デグルウムとシルバアトが話しはじめた。

「パサヴァイとジャウックロンの高等アカデミーのメンバー二名が、第三者の成果を評価する」声を合わせて叫んだ。その宣言文は儀式の一部であり、奇妙なほど大げさだ。

「その評価とは？」

二秒の沈黙のあと、シルバアトがいった。

「デグルウムよ、あなたが年長だ。エモーショアナリストはどう評価する？」

「合格」がデグルウムの答えだった。「減点なしの合格。シルバアトよ、きみの判断は？　ライノソファーはどう評価する？」

「合格、減点なし」

そのとき、それまでドームの下でずっとまわっていたホログラムが消え、セレモニーホールはふたたび光で満たされた。音楽もはじまった。人類の耳には荒々しく、でためにに聞こえるが、おそらくパサヴァイとジャウックロンの高等アカデミーのメンバー二名から業績を認められた学者を祝う音楽なのだろう。

デグルウムとシルバアトが立ちあがると、両者のあいだにどこからともなく黒くてたいらな箱があらわれていた。それを協力して演台の上にまで運ぶ。欄干の上に置くと、箱がひとりでに開いた。デグルウムとシルバアトが同時に手を突っこみ、きらめく物体をとり出した。そして、それをガヴヴァルのまとう黒いマントにとりつける。そして、またも声を合わせておごそかにいった。「視覚操作的直交修正の原理の可用性を証明するという秀でた業績を、高等アカデミーはここに表彰する。われわれは、ガヴヴァルがこれからもずっとアカデミーと科学のために活動しつづけることを願うものである」

音楽が不協和音に満ちたファンファーレに変わり、ようやくとまった。

驚いたな、ジュリアン・ティフラーが思った。ほんものの勲章だ！

3

みんなでそろって朝食をとるのが習慣になった。自動調理機のあつかいにも慣れてきて、卵とベーコンはどことなく卵とベーコンのように見えるし、コーヒーもブイヨンのような味ではなくなった。ティリィ・チュンズの料理も、褐色のユーリューワインソースをかけたプラームダ・エスカルゴと遜色《そんしょく》のないできだった。

「どうやらわたしには科学に対する情熱が欠けているようです」ボウルをたいらげたばかりのガリバー・スモッグがいった。「ガヴヴァルの発明を見ても、なんにも思わないんですよ。きのうのあれは、いったいなんだったんでしょう?」

「だまし絵よ」ヴァンダ・タグリアが答えた。「かなり精巧な部類の。わたし、けっこうくわしいの。ひまなときに眺めることが多いですから」そこまでいって、首を横に振って、真剣な表情を浮かべた。「でも、天才的と呼ぶほどのものではありませんでしたけどね」

「そう結論づけるのはまだ早いんじゃないかしら」ニア・セレグリスが忠告した。「みんな、プレゼンテーションのしかたに気をとられすぎよ。独創性は表示された絵のなかにこそひそんでいるんじゃないかしら」

ジュリアン・ティフラーは驚いて最愛の人を見つめた。「絡み合ったふたつのいびつな箱がかい？」

ニアはそっけなく応じる。

「わたしたち、アノリーの文化についてはなにも知らないじゃない」と、答える。「あなたがいびつな箱と呼ぶものが、アノリーにとっては特別な意味をもつ象徴なのかも。ところで、デグルウムがとても緊張していたことに気づいた？」

「いいや」ティフラーが答えた。「わたしはそういうのにはうといから。かれらが眠いとか、すっきりしているとか、よくわからない。表情が読めないんだ。あのインプラント器具がなければ、デグルウムとシルバアトとガヴヴァルを見分けるだけでもひと苦労だろう」

「身長が違うじゃない！」ニアが不満そうにいった。

「そうかもしれないが、横一列にならんでくれないかぎり、大きさの違いはわからないよ」

「デグルウムは疲れていたわ」ニア・セレグリスが話をもとにもどした。「シルバアトといっしょに階段をのぼったとき、ずっと半歩遅れていたの」

「研究で疲れていたのでは？」ヴァンダ・タグリアが自説を披露した。「かれも勲章がほしいでしょうから」

「勲章はもう充分もっているはずですよ」ボルダー・ダーンがその考えを否定し、こうつづけた。「わたしの意見を聞いてください。かれらは金持ちの民間学者なんですよ。お金をはらってどこかのアカデミーのメンバーになって、いまはこうやって宇宙を旅しながら、自分たちが科学者であることを証明しようとしているんです。わたしたちのだれにも理解できないことを、〝そして〟……」ここで人差し指を立てた。「……わたしたちのだれにも重要でないことを研究しているのでしょう。で、かれらなりにときどき成果を出して、そのたびにファンファーレが鳴り響いては、ロボットが緊張するなか、大セレモニーホールで勲章が授与される。わたしにいわせれば、ただの自己満足ですよ」

ボルダー・ダーンがあまりに堂々と主張したので、今回もだれひとりとして反論しなかった。そこからは無言のまま食事がつづいた。

しばらくのちに、インターカムが鳴った。今回も映像は表示されなかった。スクリーンには依然としてゴランダアル小銀河のまばらな星空が、そして右舷側には《ナルガ・サント》の瓦礫がうつしだされている。

「旅の前半を終えました」ジュリアン・ティフラーはその声をデグルウムのものだと判

断した。おかしい。順番ならきょうはガヴヴァルがもてなし役のはずだ。「みなさまの疑問のひとつに答えが見つかったことと存じます。《ヤルカンドゥ》は次の目的地へ向けて、まもなく移動を再開します。大展望室でお待ちしております。ごいっしょに、旅を楽しみましょう」

支度を終えて外に出ると、またもロボットたちが待ちかまえていた。かれらにしたがって、目に見えない転送システムのある小部屋へと向かう。初日とまったく同じ手順だ。違いは、きょうは一行を出迎えたのがデグルウムだった点ぐらいだ。《ヤルカンドゥ》もすでに動きだしていた。《ナルガ・サント》の瓦礫が、いまやちっぽけな霧状の塊りにしか見えないのがその証拠だ。

「探していたものは見つかりましたでしょうか？」アノリーのデグルウムがいった。

「見つかった」ジュリアン・ティフラーが答えた。「残念な話だが、あの瓦礫はかつて、何十万もの知的生命体を乗せた巨大な宇宙船だったものだ。船が、われわれが通ったのと同じブラック・スターゲートに引き裂かれて、みんな命を落とした」

デグルウムが考えこむような表情を見せた。ジュリアン・ティフラーはいつものように、そんなゲートは存在しない、スターロードのマップに記載されていないという反論が返ってくると予想していた。ところがアノリーが質問を返してきた。

「その巨大船はブラック・スターゲートによって破壊されたのに、あなたがたの船が無傷だったのはどうしてでしょうか？」

「その点については、推測でしか答えられない」ティフラーがいった。「スターゲートは事象の地平線と呼ばれる境界線の内側にある。事象の地平線のすぐ近くでは、重力勾配が想像を絶するほど高くなる。スターゲートの大きさによっては、たった一メートルの距離の違いで、重力が何百倍にも増加することだって考えられる。われわれの場合、それに対処するために、船を高エネルギーの防御バリアでつつんで重力勾配を中和するのがふつうだ。おそらく、《ナルガ・サント》にはそのようなバリア機構が存在しなかったか、存在したとしても、出力がたりなかったのだろう。《ナルガ・サント》は全長が九十キロメートルだった。スターゲートを通過するさい《ナルガ・サント》の船首と船尾にかかる重力の値いが大きく異なっていたことは、容易に想像がつくだろう。だから、この巨大宇宙船は引き裂かれてしまった」

デグルウムは曖昧《あいまい》なしぐさをした。

「あなたはブラック・スターゲートの仕組みに精通しているのですね」そういうデグルウムの声には、敬意がふくまれているように聞こえた。「あなたがおっしゃるとおりだったのかもしれません」

「きょうは反論しないな」ジュリアン・ティフラーが褒《ほ》めるようにいった。「《ナルガ・サント》はわれわれがシラグサと呼ぶスターゲートからきたのではない、そんなゲートはマップに存在しない、などといわないのだな」

「反論すればどうなるというのです？」アノリーが応じた。「わたしにはその謎を解くことができません。ですから、いまここで議論をすることには意味がありません」

「謎を解くのはかんたんだ」ティフラーがいった。「われわれを連れてモイシュ・スターゲートへ飛んで、制御ステーションを調べてくれ。きっとシラグサに設定できることがわかるはずだ」

「モイシュは〝スヴェルダイスタ〟です」デグルウムがいった。「機能を失ったゲートで、どのスターロードにもつながりません」

またこれだ。聞く耳をもとうともしない。〝モイショウ・スヴェルダイスタ、スヴェルダイスタ・モイショウ〟道のない門、役たたずの門。だれも、そしてどんな言葉も、モイシュ・ブラックホールとシラグサ・ブラックホールのあいだに実際につながりがあると、アイスクロウを、ヴァアスレ人を、クテネクサー人を、ギムトラを、そしてアノリーを、納得させることはできなかった。ジュリアン・ティフラーはさっき口にした言葉を意識に深く刻みこんだ。ある日かならずデグルウムを連れてモイシュへいってやる。ある日かならず、モイシュから宇宙のほかの場所へいけることをデグルウムに証明してやる。

かたくななまでに信じようとしないその態度に、ティフラーは違和感をおぼえた。まるで目かくしをされているかのように視野がせまい。ブラック・スターロードのマップに記載されているデータだけを信じ、頑としてデータミスの可能性を受け入れようとしないのはなぜだ？　アノリーはギムトラの賢者ジオン・シャウブ・アインから〝スターロードの創造主〟と呼ばれていた。創造主がみずからが創造したものについて多くを知らないなどということがありえるだろうか？

だがティフラーは、このテーマをいま掘りさげるのは賢明ではないと考えた。そこで、かわりにこう問いかけた。「次の目的地はどこだ？」

「惑星テンミナロップです」デグルウムが答えた。「ここと同じぐらいちいさな銀河にある星で、ここから九十万光年はなれています。スターゲート・アギーリを使いますので、きょうじゅうに到着するでしょう」

「きょうはガヴヴァルとシルバアトには会えないのか？」ティフラーがたずねた。

いつもと同じ答えが返ってくるとわかっていながら、あえてたずねてみただけだ。そして、予想どおりの答えが返ってきた。

「残念ですが」デグルウムがいった。「両者とも、研究でいそがしいですから」

＊

テンミナロップは地球に似て美しい惑星だった。スペクトル型F9の白く明るい恒星を周回する十一の惑星の四番めで、大気は酸素に富み、海と陸の割合も七十二パーセント対二十八パーセントと理想的で、軌道平面に対する自転軸のかたむきはわずか十五・六度。そのため季節の変化はすくない。

《ヤルカンドゥ》の搭載艇は低い高度をたもちながら、熱帯の青い海面上を滑空した。テンミナロップは磁場が弱く、方角を知るのに昔ながらの方位磁石《コンパス》をもちいた。そのコンパスがしめす北の方角には大陸のはじまりをしめす切り立った断崖が見える。この大陸は、テンミナロップのすべての大陸のなかでもかなりちいさい部類で、赤道のすぐ北に位置していた。デグルウムの話では、惑星テンミナロップの文明はこの大陸に集中している。大都市がひとつ、そしてたくさんのちいさな集落が存在し、数にして二十万の惑星居住者の全員がこの大陸で暮らしていた。

アノリーはテンミナロップの居住者についてそれ以上説明しようとしなかった。デグルウムは目を奇妙に輝かせながら、ただこうつけ足した。

「かれらはあまり文明的ではありませんし、まったくもって独特なしきたりにしたがっています。みなさん、こちらが技術力でまさっているからといって、油断なさらないでください」

アノリーの搭載艇は扁平な卵のようなかたちをしていた。客室はいまの二倍の乗客数を余裕で収容できるだろう。ティフラー一行はだれひとりとして《ヤルカンドゥ》にのころうとせず、全員がテンミナロップでもきのうの《ナルガ・サント》の瓦礫のような驚きが見つかるにちがいないと期待しながら搭載艇に乗りこんだ。ボルダー・ダーンはいつもと変わらないようすだ。とめどなくおしゃべりをつづけ、質問攻めで仲間をいらだたせている。

「イル・シラグサの痕跡が見つかるでしょうか？」

ジュリアン・ティフラーが口頭による命令をもちいて搭載艇を操縦していた。あまり楽しい仕事ではなかった。ティフラーの命令をトランスレーターがネイスカムに訳してから、シントロニクスが反応する。そのため時差が生じた。実際にテンミナロップの住民が、デグルウムがほのめかしたような危険な存在であるのなら、そうした時差が致命的になるかもしれない。

搭載艇は断崖をこえた。崖の向こうは森林でおおわれたたいらな土地がひろがっていた。ジュリアン・ティフラーは針路を決めるさいに、高軌道上の《ヤルカンドゥ》から撮影した一連の写真を利用していた。テンミナロップの住民が住むちいさな集落は、写真では確認できない。しかし、都市は、意図的に整備されたと思われる低い植生が特徴的な領域の中央に褐色の染みとしてうつっていた。

森にはたくさんの動物がいた。エンジンの高い音と午後の日光が落とす搭載艇の影に驚いて、色とりどりの鳥の群れがいっせいに飛びたち、あらゆる方向へ逃げていった。

ジュリアン・ティフラーは高度をあげようかと考えた。動物たちを恐がらせたくなかったからだ。だがそのとき、ずっとおしゃべりをしていたボルダー・ダーンがさらに興奮し、伸ばした腕で船首スクリーンを指して、こう叫んだ。

「見てください！　なにかが燃えています！」

森の緑の奥のほうに、実際に灰褐色の煙が立ちのぼっていた。ティフラーはそこまでの距離をざっと推察してみる。あの煙があるのは、都市があるあたりだと考えられた。

「火事じゃないわ」ニア・セレグリスがいった。「煙の雲がドームのような規則的なかたちをしているから、あれはきっと煙霧、文明が生んだスモッグよ」

搭載艇は三百メートルの高度で飛行した。森の終わりが近づいてきたので、速度を落とす。写真で確認できた惑星唯一の都市とそれをとりかこむ低い植生の平野は、直径がおよそ六十キロメートルだった。森が終わったあたりから、低木の列で区切られた畝《うね》が整然とならんでいた。つまり、ここでは農業も営まれているということだ。都市の住民のための食糧だろう。ジュリアン・ティフラーはこれまでの生涯で何百もの惑星を見てきた。どの惑星でも、その星の自然が生みだす産物に応じて独自の生活様式や慣習が発展していた。その多様さには毎回驚かされる。どの惑星もそれぞれ異なっていた。だがこの惑星はべつだ。記憶にある子供のころにすごした場所の情景とあまりに似ているため、驚いてしまった。いま、搭載艇の下に見える土地は、ジョージア州の農地とそっくりだった。

都市が見えてきた。まるで、テラの歴史を子供たちに教えるビデオ映像に出てきそうなようすだ。煙霧のなか、ひびの入った煙突が立ちならび、濁った白い煙をもくもくと吐き出している。高くそびえる排ガス管の頂点では、天然ガスが燃えて赤い炎を発していた。都市から数キロメートルの地点で、農地は終わっていて、そこから先は、手入れされていない草が生えているだけだ。草の大半は黄色く枯れかけていた。

「二十世紀なかばの地球もこんな感じだったんでしょ」ショックを受けているようすのニアがいった。「この惑星に住民が二十万しかいないのは、本当にラッキーだわ！」

小道や通りがさまざまな方角から都市につながっていた。だが、乗り物はひとつも見えない。知的生命体もどこにもいなかった。ゆっくりと湧きあがる煙霧と弱々しい光を発する排ガスの炎以外、動くものは見あたらなかった。

ジュリアン・ティフラーは搭載艇を七百メートルの高さにまで急上昇させた。都市上空を低速で移動する。眼下には、単調なつくりの褐色の建物、高層ビル、道路、午後の日差しが描く光の筋が見える。道路わきには乗り物が見えた。だが、一台も動いていない。

搭載艇がすこし揺れた。乗っていた六名はなにがあったのかとたがいを見つめあった。すると搭載されているコンピュータ・システムが話しはじめ、トランスレーターがこう告げた。「砲撃を受けています。化学兵器が使用されていますが、危険はありません。防御バリアが起動しています」

さらに何度か揺れた。搭載艇の下をうつしだしているスクリーンに、どこからともなくちいさな汚れた綿の球のようなものがあらわれ、またすぐに後退した。ジュリアン・ティフラーはそのようすを不審そうに見つめる。

「高射砲だ！」ティフラーは叫んだ。「高射砲が砲撃している！」

みんな無反応だった。ティフラーだけがあわてている。

「高射砲ってなんですか？」ヴァンダ・タグリアが問いかけた。

「説明はあとだ」ティフラーは手を振って、声を張りあげた。「速度を倍に、高度三千メートル！」

「時速五百キロメートル」翻訳された命令を受けとったオートパイロットが答えた。

「八秒後に高度三千メートルに達します」

対空砲弾の爆発で生じたちいさな雲が下に見える。都市はどんどん遠ざかっていった。北の方角に、ひろびろとしたグレイのむき出しの大地が見えてきた。その大地には、シンボルで飾られた暗い色のラインが何本かさまざまな方向へ引かれていて、ところどころ交差もしている。

「九十度の角度、やや上方から飛行物体が接近しています」ジュリアン・ティフラーにはいやな予感がした。

ジュリアン・ティフラーはその飛行物体を確認した。午後の日光に反射して輝く物体がかなりの速度で近づいてくる。ティフラーはまたも子供時代を思いだした。同じようなシーンを映画やドキュメンタリー番組で毎日のように見ていたからだ。〝第二次世界大戦、韓国、ベトナム〟などいう言葉が意識に浮かんできた。

「二時の方向から敵機接近」と、つぶやいた。

＊

見た目はかっこいいマシンだった。翼の大きな低翼プロペラ機で、操縦席は大きく盛りあがっている。そのガラス面が日光を反射しているため、操縦している者の姿は見えない。両翼の前縁からはなたれた自動ミサイルが火を噴きながらアノリーの搭載艇をめがけて飛んできた。だが、搭載艇は高性能のバリアでつつまれている。搭載艇を貫くはずだったミサイルは、バリアのエネルギーに触れてちいさな明るい閃光となってひろがった。

六機の戦闘機が確認できた。衝突を避けるため、搭載艇の目の前で急上昇した。急勾配を描いたかと思うと、すぐにまた戦闘態勢に入る。

〝八歳のころにテレビで見た！〟だが、ジュリアン・ティフラーはいつまでも感動しているわけにはいかなかった。すぐに命令をくだす。

「速度マッハ二。高度一万五千メートル」

搭載艇は六十度の勾配を描いて青空へ向けて上昇した。戦闘機にはあとを追うことすらできなかった。かれらはUFOに遭遇したとでも考えているのだろうか？　一万五千メートルの高度で搭載艇は水平飛行にうつった。北の視界の果てに山があり、その麓《ふもと》までたいらな大地を森がおおっていた。

「もう追跡されていません」オートパイロットがもとめられていないのに発言した。

「引き返して、都市の近くで着陸できる場所を探そう」

搭載艇は高度をさげた。まるで石が落ちるかのような急降下だったが、艇内はおちついたものだ。反重力機構があらゆる重力の変化を吸収したからだ。急降下は森の樹冠の数メートル上で終わった。そこからは、きた方向、つまり南に向かって水平飛行をつづける。

オートパイロットには、惑星テンミナロップの住民がレーダーを使用しているかどうかを察知できなかった。レーダーの集束UHFビームが発する特殊なインパルスを検出できなかったからだ。だが、問題はなかった。搭載艇がいまのような超低空飛行をつづけるかぎり、最高機能のレーダーでさえ、最短距離にまで近づかないと捕捉できないだろう。当分のあいだ、見つかる心配はない。

農地がはじまる境界線が近づき、森は木がすくなくなった。搭載艇は開けた隙間を見つけた。そこなら最小限の被害で着陸できそうだ。小木を二本折っただけで、搭載艇は人間の身長ぐらいの高さで茂るシダ植物のベッドの上に着陸した。

着陸後、静寂がひろがった。外部マイクロフォンがはじめて役にたつときがきた。聞こえてきたのは、異質な動物の鳴き声だ。おだやかな風が木の葉《こは》を揺らしている。明るい日光がさしこんでいた。じつに平穏な光景だ。

「さて、次は?」ボルダー・ダーンがたずねた。

「飛行機や機関銃があるのなら、ここの住民には無線通信技術もあるはずよ」ニア・セレグリスがいった。「無線で交信してみたら、意思疎通できるかもしれない」

「でも、かれらの言語がわかりません」ヴァンダ・タグリアがいった。「どうやって通じあうつもりですか? 歌でも歌って、争うつもりはないと伝えるのですか?」

「アノリーがこの惑星にくわしいわ。でなけりゃ、わたしたちをここに連れてこないはずよ」ニアがいい返した。「おそらく、テンミナロップの住民はすでに星間移動する種族と接触した経験があるはず。もしそうなら、ネイスカムが話せるかもしれない」

「この惑星には無線通信網があるのか?」ジュリアン・ティフラーが大声でたずねた。

トランスレーターがその言葉を翻訳する。コンピュータ・システムがすぐに応じた。

「電磁波送信施設は存在しているようですが、そこからはなにも送信されておりません。現在のところ、無線通話は行なわれておりません」

「これからいう内容で」ティフラーがいった。「メッセージをまとめてくれ……」

そのつづきはなかった。スピーカーから耳をつんざく音が聞こえてきたからだ。つづけて、はげしい爆発音が空気を震わせた。外部映像を見ると、森の地面が吹き飛ばされ、土が空中に舞った。搭載艇も大きく揺れたが、反重力機構のおかげで艇内は安定していた。

バリアがちらついた。外では轟音《ごうおん》と咆哮《ほうこう》が響きわたり、世界が終わりを迎えようとしている。グレイの煙と吹き飛ばされた土で空は暗くなった。薄暗がりのなかを閃光がはしった。外部マイクロフォンが自動で音量をさげたので、鈍くくぐもった音だけが聞こえてきた。

ガリバー・スモッグは立ちあがった。緊張のまなざしで、大きなスクリーンを見つめる。そして、無意識でこういった。

「一〇五ミリ榴弾砲！　なんてこった……いつの時代のものだ……三千年ほど前か……！」

ジュリアン・ティフラーは一瞬で事態を把握した。予想に反して、搭載艇での接近がなんらかのかたちで捕捉されていたのだ。住民がもちいる武器は、かれらの文明度にふさわしいものだった。ガリバー・スモッグは《カシオペア》のクルー仲間であり、過去の兵器にくわしいアマチュア考古学者のノーマン・スペックと親しくしていたため、この星の住民が使う兵器を特定できたのだ。一〇五ミリという口径まで正解かどうかはわからないが、いずれにせよテンミナロップの住民は異世界からの侵入者を原始的な野戦兵器で撃退しようとしている。

だが、その火力に防御バリアはなんなく耐えた。

「ダメージはありません」ジュリアン・ティフラーの問いかけにコンピュータが答えた。「化学・機械式兵器のエネルギーは微弱であるため、防御バリアに負担をかけるものではありません。ですが、お伝えしておかなければならない点がべつにございます」

「なんだ！」ティフラーが叫んだ。

「車輛が接近しています。八台探知しました。地面を走行し、単純な内燃エンジンを搭載しているようです。この着陸地点を包囲する意図があると思われます」

その瞬間、それまではげしかった砲撃がぴたりとやんだ。舞いあがっていた最後の土が地面に落ち、煙が晴れていった。その奥から、さっきコンピュータ・システムが報告した乗り物が姿をあらわした。古い年代表記でいうところの二十世紀に生産されたかのようなトラックだ。その荷台には、青いユニフォーム姿の数十名がすわっていた。かれらは古めかしい機関銃をかかえて荷台から飛びおり、砲弾が爆発のさいにうがった地面のくぼみに飛びこんで身を伏せた。

それを見たジュリアン・ティフラーは、自分の目を疑った。人類がそこにいた。この数日間、行動をともにした三名のアノリーよりもはるかに人間的だ。がっしりとした体格の若者たちが、腕に武器をかかえ、土に身を投げ、見知らぬ乗り物を攻撃しようとしていた。

砲撃がやんでからまた音量を最大にあげた外部マイクロフォンから、声と思われる騒音が聞こえてきた。意味不明の言葉でなにかを命じたようだ。青ユニフォームたちが土の陰から飛び出し、勢いよく近づいてきた。ティフラーは驚いた。いままで見落としていたことに気づいたからだ。攻撃者は表情がわかる距離にまで近づいてきた。ティフラーの背筋に冷たいものがはしった。兵士たちの表情にはなんの感情もなかったのだ。無感情なまなざし、腫れぼったい顔、よだれを垂らす半開きの口……遺伝子疾患の症状だった。ある兵士は砲撃で倒れた木につまずいて転んだが、たどたどしい動作で機関銃を杖がわりにして立ちあがった。べつの兵士はずっとひとりごとをつぶやいている。自分の言葉に納得できればうなずき、納得できなければ首を横に振る。突然立ちどまって銃をかまえ、搭載艇のはるか上、煙が引いて明るさをとりもどしつつある空に向けて五発の弾をはなった者もいた。

コンピュータ・システムがコメントした。

「攻撃による被害はありません」合成の声がいった。「ですが、攻撃者はまもなく防御バリアのエネルギーに接触し、多大な被害を受けることになります」

「防御バリアを解除しろ」ジュリアン・ティフラーが大あわてでいった。そして仲間に向かってこう伝えた。「かれらを見てみろ。みんな、自分たちがなにをやっているのか、わかっていないんだ。われわれを攻撃しているのは知的障碍者だ」

「高速の飛行機を操り、重火器も使う知的障碍者よ」ニア・セレグリスが警告するようにつけ足した。

「なにかがおかしい！」ボルダー・ダーンがわれを忘れて叫んだ。「いやな予感がします。ここでわれわれは……」

そのつづきはなかった。二本の木のあいだから一台の乗り物があらわれたからだ。低くて、角張っていて、大きい四つの車輪のすべてが駆動するタイプだ。遠い昔にオフロード車と呼ばれていたものにちがいない。三名のヒューマノイドが乗っていた。そのうちの一名はユニフォームにゴールドの飾りをつけているので、おそらく位が高いのだろう。その車は搭載艇船首の数メートル前で停止した。ゴールドのワッペンをつけた一名だけが車を降りた。右手には拳銃のような武器を、左手にはメガホンを握っている。拳銃を搭載艇に向け、三発撃った。バリアはすでに消えていた。銃弾は表面のポリマー金属にあたり、音を立てて跳ね返った。男はメガホンを口に当て、叫んだ。搭載艇の内部で、ティフラー一行は茫然とその言葉を聞いた。

「ターミナル・ホープの軍最高司令官が告ぐ。きさまらの乗り物はわれらの領土に違法侵入した。死にたくなければ投降せよ！」

ジュリアン・ティフラーは雷に打たれたかのような衝撃を受けた。ゴールドワッペンの話す言葉は聞きとりがたく、集中して強いアクセントを無視しなければ理解できなかったが、まちがいなくテラ語だったのだ。

＊

「そんな気がしていたんだ！」ボルダー・ダーンがうめいた。

この二十万の居住者が暮らす惑星の本当の名は〝ターミナル・ホープ〟だった。それをアノリーが〝テンミナロップ〟と発音した。つながりさえわかれば、理解はたやすい。だが、銀河恒星リストにも名前ではなく識別ナンバーしかのっていないような遠くはなれた小銀河に、どのような経緯でテラナーがやってきたのだろうか？　考えられる理由はひとつしかなかった。

「外に音声をつなげ」ティフラーが命じた。「かれらと直接交渉がしたい」

「接続されました」コンピュータ・システムが答えた。

どこからともなくマイクロフォンのエネルギーリングがあらわれ、ティフラーに近づいてきた。ティフラーは話しはじめた。

「きみたちにわれわれを殺すことはできない。きみたちの武器ではむりだ。敵対する理由もない。われわれは友として……五千万光年よりも遠くからやってきた。われわれの二名がこれから外に出る。友好的に出迎えていただきたい」

その声は着陸地点の森の切れ間をこえてひろがった。ゴールドワッペンがたじろいだのを、ティフラーは見逃さなかった。大きく見開いた目で、搭載艇のなめらかな銀色の壁を見つめた。どこから声がきたのか、かれにはわからなかったのだ。だが、自分と同じ言語で答えが返ってきたことには気づいたようだ。メガホンを握っていた手から力が抜けた。ゴールドのワッペンが施されたユニフォームを着たその男はなにかをいおうとしたが、ショックのあまり言葉を失っていた。

「ボルダー、いっしょにきてくれ」ジュリアン・ティフラーが丸顔のテラナーに声をかけた。すこし意地悪な笑みを浮かべてこうつづける。「きみがくるべきだ。きみの夢はもうすぐかなうぞ」

「イルよ……なぜわたしにこのような仕打ちを」ボルダー・ダーンがあえいだ。

ちいさなエアロックが開いた。エネルギーフィールドがティフラーとダーンをつつみ、森の切れ間の地面におろした。ふたりともセランを着ている。セランのバリアは展開していた。テンミナロップの住民がどう反応するか予想がつかなかったからだ。ボルダー・ダーンとジュリアン・ティフラーは、エネルギーフィールドにおろされた場所から動かなかった。ヘルメットの無線機からニア・セレグリスの声が聞こえた。

「なにも動かない。脅威はなさそうよ」

ジュリアン・ティフラーがバリアを解除すると、透明のヘルメットがたたまれ、スーツの襟に収納された。ティフラーは腕を伸ばし、右てのひらを上に向ける。これ以上に敵意がないことをしめすしぐさを、かれは知らない。そして名乗った。

「わたしはジュリアン・ティフラー。この名を聞いたことがないだろうか?」ティフラーはゴールドワッペンに問いかけた。「わたしはもう、ずいぶん長く活動している」

ゴールドワッペンはすでに拳銃をホルスターにしまい、メガホンを地面に落としていた。最初はためらいがちに、だが最後は意を決してティフラーに近づいてきた。

「その名を知っています」たどたどしく答えた。「ランドフォール以前の伝説に何度も登場します。あなたは……あなたは……テラからきたのですか?」

ジュリアン・ティフラーは首を横に振った。

「テラからではない」率直に答えた。「銀河系の端からきた」

もうすこし言葉をつけ足そうかと思ったが、やめておくことにした。故郷を見たこともないかれらに、銀河系をかこむ壁の話や、〝テラに居すわる悪魔〟の話をしても意味がない。

「わたしはミラコ」ゴールドワッペンのユニフォームを着た男がいった。「軍を指揮しています。先ほど、わたしが発した脅迫は……お気になさらないでください。友好的な訪問であれば、歓迎いたします。それに、みなさまの武器のほうがわれわれのものよりもすぐれているのはたしかでしょうから」

ジュリアン・ティフラーは片手をさしだした。ターミナル・ホープでもそのしぐさはまだ知られているようだ。ミラコはすぐに理解して、その手を握った。友好的でかたい握手だった。

「ようこそ」ミラコはいった。「みなさまに、イルの加護がございますように」

ミラコ配下の兵士は危険が去ったことを理解し、古めかしい機関銃を下に向けて、物陰から出てきた。

「きみの部隊なのか？」ジュリアン・ティフラーがたずねた。

ミラコには、ティフラーの表情の意味が苦もなく理解できたようだ。

「わたしの部隊です」と、答える。「あなたがなにをおっしゃりたいのかはわかります。かれらは肉体的にも、精神的にも、完全ではありません。わたしどもは、この問題にもう何世代も前から苦しめられております」

「ランドフォール以来だな」ジュリアン・ティフラーがうなずいた。「だいたいの想像はつく」

ミラコが驚いた目でティフラーを見つめた。

「想像がつくのですか？」同じ言葉をくり返した。

「きみとすこし話がしたい」ティフラーは答えのかわりに申し出た。「きみたちには助けが必要で、われわれにはきみたちに助けをあたえることができる。われわれを町に案内してくれ。きみたちの政府の名は？」

「少数者評議会です。なぜそのようなご質問を？」

ティフラーがにやりと笑った。腑に落ちたのだ。

「その少数者とやらを招集してくれ」ミラコに要求した。「わたしの名を告げて、われわれはここの住民を助けにきたとはっきりと伝えるのだ」

＊

かれらはみずからの尊厳をよく理解していた。近親交配の影響で遺伝子疾患の犠牲になった何万、何十万もの人々とは違って、満足に生まれてきた数少ない存在であるという事実からくる尊厳だ。かれらは見るからに混乱していた。みんな、伝説を通じてジュリアン・ティフラーという名を知っていた。だが、実物を目にする機会がくるなど、だれも想像していなかった。

評議会の会議室はかつてのテラのような趣《おもむき》だった。装飾に乏しく、質素で、重くて色の濃い木製の家具が置かれている。四角い長机の両わきに三脚ずつ、上座と下座にそれぞれ一脚、背もたれの高い硬そうな椅子が、合計八脚ならんでいた。少数者はぜんぶで六名だった。ミラコはそこにふくまれない。だが、ティフラー一行を連れてきた者として、同席することが認められた。二枚の大きな窓からは、町の屋根が見わたせた。部屋の入口から遠くはなれた上座に置かれた椅子はひときわ大きい。評議会議長の席だ。その奥、板張りの壁には絵がかけられていた。その絵はおそらく手描きで、この部屋にはじめて入る者はそれを気にせずにはいられなかった。

ジュリアン・ティフラーはミラコに導かれて、仲間とともに会議室に足を踏み入れた。名高いテラナーを称えるために、評議会メンバーが立ちあがった。最初にティフラーの目に入ったのは、その大きな絵だった。背後でボルダー・ダーンがぼやいた。

「なんて運命なんだ！　こんなこと、ありえない！」

そこには、信じがたいほど醜い女性が描かれていたのだ。大きくて平坦な顔、長くて先のとがった鼻、あまりにちいさな口。目つきは痛みをおぼえるほど鋭いが、知性は感じられない。灰銀色の髪は巨大な団子に結ばれている。

評議会メンバーはゲストたちの驚きに気づいていた。数秒の気まずい沈黙ののち、議長が話しはじめた。

「銀河系からやってきた友よ、あなたがたを歓迎します。うれしいことに、みなさまも偉大なる母に敬意をはらっておられるのですね」

「ものはいいようだな」ボルダー・ダーンがぼそっとつぶやいた。「イル、こんなのわたしは認めないぞ！」

「われわれは偉大なる母を大いに尊敬している」ジュリアン・ティフラーができるかぎり重々しくいった。「遠い過去、彼女は秀でた科学者だった。彼女の実験が、ブラックホールに関する最初の知識を人類にもたらしてくれた。イルがシラグサの犠牲になったのは、不幸な出来ごとだった」

議長の顔に笑みが浮かんだ。

「不幸な出来ごとだったにちがいありませんが」アクセントに満ちた言葉で説明した。「結局のところ、そのおかげでいまのわれわれが存在するのです」

ボルダー・ダーンのがまんに限界がきた。

一歩前に出て、例の絵を指さす。

「われわれが訪問した先々で、イル・シラグサは聡明で美しい女性と伝えられていました」その声は怒りに満ちていた。「この絵を描いた者は、偉大なる母を見知らぬのでは？」

「十四人の息子のひとりがですか？」議長は答えた。「自分の母親を見知らぬなどということがありましょうか？」

「十四……」驚いたボルダー・ダーンがつぶやいた。

「それに、美しさとは見た目だけの問題ではありません」議長がつづけた。「イル・シラグサはこの国の母です。彼女がいなければ、われわれも存在しなかった。それだけですでに美でございます」

そうやって、しだいに緊張がほぐれていった。ボルダー・ダーンはそれから数時間つづいた会談でひとことも話さなかった。それほどショックが大きかったのだろう。何度も何度も、あの絵に絶望的な視線を送っていた。心から敬愛していたイル・シラグサがじつは美しくなかったというだけならまだしも、会話を通じて偉大なる母には十四人の息子がいただけでなく、さらに六人の娘もいたと聞いたときにはすっかり幻滅してしまっていた。

その傍らで、ティフラー一行ののこりのメンバーと評議会の会談が、友好的に進んでいた。かれらは自分たちのことを〝イル人〟と呼んでいた！　そのイル人たちは、搭載艇の到来に対して、完全に不適切なかたちで早急な対応をしてしまったと認めた。かれら自身は宇宙旅行をする技術力をもっていないが、伝承を通じてそのようなことが可能なことは知っていた。アノリーと、アノリーに使役《しえき》されるギムトラ、クテネクサー人、ヴァアスレ人、そしてアイスクロウの存在も伝え聞いていたが、そうした情報がどうもたらされたのかは、だれにもわからなかった。

イル人の話からは、過去数百年の期間にターミナル・ホープでなにが起こったのかは、あまりよく理解できなかった。多くの事柄が伝説としてゆがめられたり、過度に飾り立てられたりしていたからだ。だが特定の証拠から、わりと容易にイル・シラグサの子孫の歴史をひもとくことができた。二名か三名か、いまとなっては不明だが、とにかく数名の仲間とともにイル・シラグサはスペース＝ジェットに乗っていたときに、現在シラグサと呼ばれているブラックホールの事象の地平線に近づきすぎてしまった。衝撃フィールド・バリアが故障していたのか、はじめから出力がたりなかったのかは定かではないが、スペース＝ジェットはブラックホールに落ちた。どうしたことか、ブラックホールの制御ステーションが反応して、スペース＝ジェットをとあるスターロードに送りこんだ。そのスターロードが、きょう《ヤルカンドゥ》が通ったブラックホールにつながっていたのである。

イル・シラグサがのちに〝ターミナル・ホープ〟と呼ぶことになる惑星を見つけるまで、どれぐらいの期間を必要としたのかは、いまとなっては知るよしもない。そのときのスペース＝ジェットもはや存在しない。どこでどうなったのかもわからない。かれら不幸な漂着者には装備の一部を救うことができたと考えられるが、コンピュータのログなど、信頼できる記録はターミナル・ホープへの〝着陸《ランドフォール》〟のさいに失われてしまった。イル・シラグサは意志の強い女性だ。絶望する理由ならいくらでもあったにもかかわらず、彼女は二名か三名の仲間とともに、スペース＝ジェットから救出した備品を使ってねぐらをつくり、子をもうけたのだ。のちに本人が認めたのだが、女性はしとやかであるべきだという考えを捨てきれないボルダー・ダーンをもっとも困惑させたのは、意を決したイルが、自分の子供たちによってこの宇宙を満たすことがみずからの使命であると考えていたかのように、相手を選ばずに子づくりにはげみ、妊娠したという事実だった。

そして、予想できる結果があらわれた。もちろん、イル・シラグサも近親交配が遺伝にあたえる影響を理解していた。はじめ、ボルダー・ダーンは失望のあまり、彼女は男好きの淫乱女だったと断じたが、実際には可能なかぎり人口を増やそうとする義務感からの行為だった。だが、そのような目的があったとはいえ、近親交配の影響は避けられなかった。世代が進むにつれて、精神的あるいは肉体的に遅れのあるイル人が増えていったのだ。そうして、原始への退行がはじまった。イルと最初の同行者は可能なかぎりの対策を行なっていた。文書をのこし、子孫たちが学べるようにしていた。おかげで、文明以前への逆行は防ぐことができた。現在、イル人は昔の年代表記でいうところの二十世紀なかばに相当する文明レベルを維持している。そして、いまだに驚くほど繁殖力が強い。絶滅の危機に瀕した存在に、自然が授けた贈り物だ。しかし、ターミナル・ホープの住民が微生物学を学び、遺伝子疾患の対策に乗りだせるようになるまでには、あと五十年はかかるだろう。

だがこの点で、ゲストたちは力になることができる。この惑星の特異な民衆はグロテスクな偶然と気まぐれな運命に翻弄《ほんろう》されてきた。かれらが生きのび、これほどの人口にまで成長できたのは奇蹟としか呼べないし、発展しようとする粘り強さは尊敬に値いする。アノリーは遺伝子に精通している。イル人に支援の手をさし伸べ、近親交配の影響を排除することはかんたんなはずだ。デグルウムにたのめば、きっとやってくれるだろう。

だがジュリアン・ティフラーは、その話はあとまわしにすることにした。そのかわりに、評議会メンバーに対して局部銀河群の現状について報告した。停滞フィールドから脱出したあと目にした銀河系船団の状況を説明する。銀河系を致命的な壁がとりかこんでいること、そして不可解な理由から銀河系の住民を苦しめる邪悪な敵に立ち向かい、その壁を打ち破るために、少数の勇敢な者たちが努力していることを話して聞かせた。

その内容の多くは、イル人には理解できないものだった。かれらは過去七百年の歴史に大いに関心をしめし、何度も質問した。しかし、話をつづけるうちに、かれら自身は自分たちのことをテラナーとはみなしていないことが明らかになってきた。かれらにとってはターミナル・ホープが故郷であり、もしだれかがクロノパルス壁を打ち破り、宇宙船で通行が可能になったとしても、テラにもどるつもりはないのである。

「わたしどもは宇宙に暮らす無数の種族のなかでも、幸せな部類ではないでしょう」ジュリアン・ティフラーの話を聞き終えた議長がいった。「運命はわたしたちを嫌っているようです。ですが、わたしたちはこの逆境を乗りこえるつもりです。将来の世代を、いまのわたしたちよりももっと健康に、もっと強くしてみせます。そしていつか、自分たちの宇宙船をつくり、ひろい宇宙を旅する日がくるかもしれません。あなたがお話ししてくれたことには感謝しています。ですが、偉大なる母と先祖たちがやってきたところへもどろうとは思いません。わたしたちは、わたしたちの道を進みます」

ティフラーは議長に歩みより、かたい握手を交わした。

「友よ、きみの言葉は誇りに満ちている。きみたちなら、自分の力できっとやってのけるだろう。しかし、われわれにも、すこしだけその手助けをさせてくれないか。聞いてもらいたいことがある……」

4

アノリーたちは理解をしめした。ジュリアン・ティフラーが搭載艇からデグルウムと通信を行ない、〝テンミナロップの住民〟の状況を説明したのだ。それをデグルウムがガヴヴァルとシルバアトにも伝えた。およそ一時間後、デグルウムが決断を伝えてきた。遺伝子の面でイル人たちを支援する、と。ただし、《ヤルカンドゥ》の三名は遺伝を専門としているわけではないので、みずから直接手をくだすことはできない。かわりに、すぐにでもアノリーの本拠であるネイスクール銀河のジャウックロン星系に連絡して、遺伝子工学の専門家を派遣するよう要請すると約束した。

ジュリアン・ティフラー一行はイル人のもとで三日をすごした。そのさいの観察を通じて、イル人は支援を必要としているだけでなく、援助を受けるに値いする種族であることがわかった。イル・シラグサの子孫は、たしかに身体的あるいは精神的には問題をかかえているかもしれないが、テラ起源の人類が誇れる価値ある存在だ。その行動力と生きる意志は賞讃に値いする。アノリーの微生物学の力を借りれば、近親交配の悪影響は数世代のうちに解消するだろう。そうなれば、偉大なる母の文明に明るい未来が開けるにちがいない。遅くとも百五十年後には大きなネイスクール銀河の前庭と呼べるこの小銀河に、星間旅行する能力をもつ種族が育っていることだろう。

滞在していた三日で、アノリーたちもターミナル・ホープを訪問した。とはいえ、やってきたのはいつも一名ずつだった。ジュリアン・ティフラーの招きに応じて、最初にデグルウムがやってきた。《ヤルカンドゥ》にもどったデグルウムの話を聞いて興味をかき立てられたのだろう、翌日にはシルバアトがやってきた。ガヴヴァルだけは、イル人の生活にあまり興味がないようだ。デグルウムとシルバアトにほかの二名はなにをしているのかとたずねると、いつもおなじみの答えが返ってきた。

「両者とも、研究でいそがしいですから」

三日めにターミナル・ホープを去るとき、ティフラー一行はうしろ髪を引かれる思いがした。親友に出会えたような気がしていたからだ。どうやら評議会も、偉大なる母の子孫たちがゲストたちからどれほど大きな恩を受けたのか、しだいに理解しはじめたようだ。かれらにとって、それを理解するのはかんたんなことではない。いまの文明レベルのターミナル・ホープでは、遺伝子工学など、ほとんど未知の世界なのだから。いずれにせよ、評議会メンバーが感謝していることは明らかだった。はじめて出会ったときは侵入者を駆逐することしか頭になかったミラコでさえ、ジュリアン・ティフラーと別れの握手を交わしたときには目に涙を浮かべていた。

「近いうちにまたきてください」ミラコはいった。

ティフラーは握手する手にぐっと力をこめた。

「近いうちというわけにはいかない」ティフラーは答えた。「困難な旅がつづくからな。だが、かならずまたもどってくる。人類は人類のことを忘れない」

数時間後、搭載艇は無事に帰船し、《ヤルカンドゥ》は移動を再開していた。船首は、以前アギーレ・ブラックホールを出てからめざしたブラックホールに向いている。きょうの、ボルダー・ダーンの言葉を借りるなら、〝おもてなし担当〟のデグルウムが、ゲストたちを大展望室に招待した。ジュリアン・ティフラーとニア・セレグリスはその招待に応じた。ほかの四名もくるつもりだったが、ティフラーが思いとどまらせた。ボルダー・ダーンのとりとめのない質問や、ヴァンダ・タグリアの辛辣《しんらつ》なコメントにじゃまされることなく、デグルウム相手にじっくりと真剣な話がしたかったからだ。

ニアとジュリアンが転送されてきたとき、大展望室はまだ明かりがついていた。デグルウムが快く出迎える。どうやら今回は真剣な話をすることになると予感していて、会話の主導権を握ろうとしているようだ。

「この船はすでに一度通り抜けたブラック・スターゲートへ向かっています」デグルウムが話しはじめた。「これまでは伏せてきましたが、そのゲートは〝アンタ＝ファイ・

カンタルイイ〟と呼ばれています」

会話はいつものようにトランスレーターを介して行なわれた。〝アンタ＝ファイ・カンタルイイ〟とは、〝はぐれ者の穴〟と、いった意味だ。局部銀河群の文明が〝カンタロ〟と、呼ぶ種族を、アノリーは〝カンタルイ〟すなわちはぐれ者と呼ぶのである。まさにジュリアン・ティフラーが望んでいた話題だ。だから聞き役に徹した。

「その名はどこから?」と、たずねる。

デグルウムは見るからに驚いた。

「テンミナロップの住民から聞かなかったのですか?」

「かれらにはブラック・スターゲートの知識はない」ティフラーが応じた。

「ええ。ですが、〝カンタルイ〟については知っています」遠い昔にかれらは出会ったとされています。テンミナロップの住民がその記憶を失ったか、あるいは記憶にふたをしてしまったのかもしれませんが」

ティフラーはデグルウムをしかと見つめ、ためらうアノリーにこういった。

「その出会いについて話してくれ。ぜひとも知りたい。いずれにせよ、そろそろカンタロについて話してもらわねば困る」

答えたくないのだろう。デグルウムは苦悶の表情を浮かべた。だが、最後には次のように話しはじめた。

「話すのは気が引けるのですが、というのも、これから話す内容の多くはわたしの経験とは相容れないからです。わたしの知るところでは、宇宙を放浪していた〝カンタルイ〟の一団がテンミナロップの住民と接触しました。テンミナロップへの入植がはじまってすぐのころの話です。そのころはまだ、住民数は十から二十程度だったでしょう」

「イル・シラグサと夫、息子、そして娘」ニア・セレグリスがティフラーにはかろうじて聞こえるが、トランスレーターは反応しないほどちいさな声でつぶやいた。

「つづけてくれ」ティフラーがいった。

「テンミナロップの住民は〝カンタルイ〟に驚くべき話をしました」もとめに応じてデグルウムがつづけた。「かれらはちいさな宇宙船でブラックホールに落ちたといいました。その船はテンミナロップに不時着したさいに大破し、飛行記録も失われました。ですが〝カンタルイ〟はその見知らぬ種族がどこからきたのかを知りたくて、かれらに星図を見せました。テンミナロップの入植者は自分たちがそれまでいた場所をしめしたのですが、その銀河にはブラックホールこそ存在すれど、スターゲートとして機能するブラックホールはひとつもなかったのです」

「カンタロは」ジュリアン・ティフラーがいった。「きみたちが使っているのと同じスターロード・カタログをもっていたのだな」

「そのとおりです」デグルウムがうなずいた。「そしてそのカタログによると、テンミナロップの住民が故郷と主張する場所にはゲートがありませんでした」

「いまの状況ととてもよく似ていることに、きみはすでに気づいているな」ティフラーが友好的にではあるが、鋭く指摘した。

「あなたがたからはじめて話を聞いたときに、すでに気づいていました」アノリーは白状した。「そして、そのとき以来、ずっとそのことを考えています。ですが、いまは〝カンタルイ〟の話をつづけましょう。かれらはテンミナロップ入植者の話を聞いて興味をそそられました。一団は、ちなみに二十隻から三十隻の宇宙船団だったそうですが、ジャウックロンにもどり……」

「当時のカンタロたちは、まだきみたちの中央世界にいたのか?」驚いたジュリアン・ティフラーがたずねた。

「もちろんです。かれらは空間という意味ではなく、あくまで文明という意味で根幹種族から分離したのですから」デグルウムが答えた。「かれらは自分たちのためだけの大陸を要求し、そこで独自の政府と法をつくったのです。みずからのからだを使って実験し、遺伝子操作やシントロニクス機器をもちいて身体と精神を可能なかぎり発展させようとしました。ですが、そのころはまだジャウックロンで暮らしていました。

変化が訪れたのは、テンミナロップの住民と遭遇した一団がもどってきてからです。〝カンタルイ〟は好奇心がおさえられなくなりました。カンタルイはマップに記載されていないブラック・スターゲートがあると聞いた。カンタルイは研究者の集団です。わからないことは調べずにはいられない。こうして、探索の旅に出ることが決まったのです。その準備には数年を要しました。ブラック・スターロードがないとされる宙域への飛行には多大なリスクがともないます。〝カンタルイ〟たちはあらゆる事態にそなえることに余念がありませんでした。

まもなく遠征がはじまろうとしていたころ、〝カンタルイ〟ばかりでなく、アノリーの科学者も時空間に強い衝撃がはしったことに気づきました。この衝撃はハイパーエネルギーのショック前線が引き起こしたもので、のちにその起源も、さまざまな計測と多大な努力のすえに、特定することができました。想像してください。ショック前線の出どころは、五千万光年ほどはなれた場所にあるちいさな銀河群だったのですが、その銀河群にテンミナロップの住民がもといた大きな星の島もふくまれていたのです」

そこでいったん口を閉ざした。デグルウムの緊張に満ちたちいさな青白い目がジュリアン・ティフラーを見つめた。挑発するような視線だ。ティフラーはなにがもとめられているのか理解した。ティフラーも本当にテンミナロップの住民と同じ宙域からきたというのなら、なにがきっかけでハイパーエネルギーのショック波が生じたのか知っているはずだ、とデグルウムはいいたいのだ。

「当時、われわれが局部銀河群と呼ぶ銀河群で、ある驚くべき事態が発生した。べつの宇宙から巨大な銀河が実体化したのだ」ハンガイ銀河の転移についてくわしい話をするつもりはなかった。「時空間に大きな衝撃がはしった。局地的に連続体が爆発した。きみの話しているショック前線は、そのときに発生したものだ」

「よくご存じで」デグルウムが褒めた。「わたしどもの科学者、正確には〝カンタルイ〟の科学者なのですが、かれらもハイパー探知機を使ってその信じがたい事態を観察していました。かれらは見知らぬ銀河が実体化したのを見たのです。わたしの記憶が正しければ、一度で実体化したのではなく、三回に分けてあらわれました」

ジュリアン・ティフラーは自分がためされていることに気づいた。ここではふたつの点が問題になる。まず、ハンガイは四回に分けて実体化した。この点はかんたんだ。デグルウムは修正を待っている。だが、アノリーとカンタロがハイパーエネルギーのショック前線が到来してからハイパー探知機をもちいて局部銀河群の観察をはじめたのであれば、かれらにハンガイが実体化した場面を観察することはできなかったはずだ。ハンガイの最後の実体化のあとにショック波が生じたのだから。つまり、アノリーとカンタロはそれ以前から局部銀河群を観察していたということだ。この点に関しては、いますぐ追及する必要はない。だが、興味深い点ではある。

「四回だ」ティフラーがいった。

「そうだったかもしれません」アノリーがいった。「この出来ごとを説明することはだれにもできませんでした。きわめて短い時間のうちに、二千億もの恒星が生まれたのですから！　〝カンタルイ〟たちは色めきだちました。もとから、そこへ遠征隊を送ろうとしていたのです。ですが、そのような信じがたいことが起こって、かれらは選抜した数人だけでなく、〝カンタルイ〟の全員でテンミナロップの住民たちの故郷へと向かうことにしたのです。

　それからの数年をかけて、かれらは種族全員を運べるほど大きな艦隊をつくりました。すくなくとも二百隻を超える宇宙船がジャウックロンを飛びたったのです。ブラック・スターロードのマップには目的地へいたるスターロードが記載されていなかったので、〝カンタルイ〟は単純に、テンミナロップの住民がたどったコースを逆向きに進むことにしました。かれらはネイスクールからここへやってきました。数隻だけですが、アノリーの観測船も併走しました。〝カンタルイ〟艦隊の全船がここのスターゲートの事象の地平線に消えていきました。それ以来、ここは〝アンタ＝ファイ・カンタルイイ〟と呼ばれるようになりました。それ以降の〝カンタルイ〟の消息は不明です」

　デグルウムは話を終えた。長い沈黙のあとジュリアン・ティフラーがいった。

「それは違う。カンタロは消息を絶っていない。この宙域では不明かもしれないが、わたしのいた宙域では、カンタロの名は知れわたっている。カンタロはわたしの故郷の星がある銀河を支配する暴君だ」

デグルウムは全身で否定した。

「信じられません」が答えだった。「〝カンタルイ〟は誤った道に進みました。ですが、それも科学と研究にかぎった話です。自分を実験台にするほどでしたし、ほかの宇宙から銀河が突然あらわれたときにも、その難問に挑まざるをえませんでした。ですが、暴君になるだなんてありえない。だれがなんといおうと、かれらはわれわれの種族から派生したのですよ。アノリーは温和な種族です」

ジュリアン・ティフラーはじっくりと考えた。

「〝はぐれ者の穴〟を抜けたあと、カンタロたちはどこにたどり着いたと思う?」ティフラーは問いかけた。

「わかりません」デグルウムが答えた。

「だが、かれらを探しはした」

「そのとおりです」

「でも、どこにも見つからなかった」

「そうです」

「いい換えれば、カンタロは〝はぐれ者の穴〟を通ったのち、スターゲートの制御ステーションを、きみたちの知らない目的地へ設定することに成功した」

そこへきて、デグルウムはようやく自分が誘導されていることに気づいた。顔に奇妙な表情を浮かべる。もしかすると、アノリー流のほほえみなのかもしれない。

「可能性としては考えられます」デグルウムは慎重に切りだした。

「あなたたちも同じことをためしてみるべきよ」それまでずっと黙っていたニア・セレグリスが提案した。

ジュリアンのもくろみを察知して、すかさずサポートにまわったのである。

「〝アンタ＝ファイ・カンタルイイ〟を通るのですか？」デグルウムが問いただした。

「いや、そのやり方はまちがっている」ティフラーがいった。「テンミナロップの住民はたしかに、われわれが使ったのと同じゲートを通ったが、それは何百年も前のことだ。われわれが三隻の船でやってきたときの針路ベクトルを逆にすべきだろう」

「モイシュを通れ、と？」

「そうだ」

デグルウムはしばらく考えこんだ。

「相談する必要があります」が答えだった。「今回の旅では、もうひとつの場所に立ちよってから、マウルーダ星系にもどります。それまでに決断がくだっていることでしょう」

「その話し合いに、わたしもくわえてもらいたい」ティフラーがいった。「そのときには、わたしがこれまでまだ言及していない点についても、話すことになるだろう。ところで、ガヴヴァルとシルバアトはどこにいるんだ？　かれらとは話せないのか？」

「残念ですが」デグルウムが答えた。「両者とも、研究でいそがしいですから」

＊

白い光があたりを満たしていた。同じ強さの光があらゆる方向から目にとどく。人類はそのような光に慣れていない。明るい濃霧につつまれているような気になり、方向感覚を失う。

〝アンタ＝ファイ・カンタルイイ〞の内側には、方向感覚の目安になるものがなにもなかった。いかにもブラックホールらしく、事象の地平線の下はうつろだ。だが、霧のなかのどこかに、これまでまだ見えていない制御ステーションが浮かんでいる。

はじめ、デグルウムは最短ルートで〝はぐれ者の穴〞を通過し、プログラミングした遷移インパルスを使って、まっすぐ次の目的地へ向かうつもりにしていた。しかし、ジュリアン・ティフラーが〝アンタ＝ファイ・カンタルイイ〞の制御ステーションへ立ちよるよう説得したのである。

ちなみに、予定されていた次の、そしてマウルーダ星系にもどる前に立ちよる最後の目的地はアイレイと呼ばれていた。デグルウムはその名前以外なにも明かしてくれなかった。かれにとっては、とても大きな意味をもつ場所のようだが、くわしいことは到着してからと、はぐらかされてしまった。

大展望室の照明は消えていた。ちいさな展望プラットフォームをぐるりととりかこむパノラマスクリーンを白く輝く霧が満たしていた。デグルウムは制御ステーションの探知機映像を表示した。ジュリアン・ティフラーは思わずゾクッとした。

霧状のリングにかこまれた球体がそこにあった。《ヤルカンドゥ》がゆっくりと近づくにつれて、ちいさな凹凸《おうとつ》がステーションの表面にひろがっていることがわかった。まさに瓜ふたつだった。

「モイシュ・ステーションと同じかたちだ！」ティフラーが叫んだ。

デグルウムの答えによって、ティフラーはさらに混乱した。

「わたしはモイシュ・ステーションを見たことがありませんが、ええ、おっしゃるとおりです。両ステーションは似ているといわれています」

探知機映像が消え、視覚映像に切り替わった。《ヤルカンドゥ》はステーションまですでに数百キロメートルの距離に迫っていた。映像に重ねられた目盛りから推測するに、直径が千七百キロメートル程度。つまり小惑星だ。それが白いかすみの奥からしだいに姿をあらわした。船は相対的に停止した。

「あれが、あなたが見たがっていたものです」デグルウムがジュリアン・ティフラーにいった。「さて、どうしますか？」

テラナーは手に顎を置いた。

「もしいまきみが、当時カンタロが使った遷移インパルスを放射したらどうなる？」と、たずねてみる。

「どうやってわたしに、かれらが当時使ったインパルスを知れと？」

「考えてみてくれ、カンタロたちはどうやって、だれにも見つからない場所へかれらを放射するインパルスを見つけたと思う？」

「おそらく、いろいろとためしたのでしょう」デグルウムが答えた。

「で、きみはなにもためせないのか？」

「もちろん可能です。それをお望みなのですか？　それとも、先にアイレイをごらんになりますか？」

ティフラーは一瞬ためらったが、突然話題を変えた。

「きみはモイシュ・ステーションを見たことがないのか？」と、問いただす。

「はい。いったことはありません。むだですから。モイシュは〝スヴェルダイスタ〟なのですよ」

「ああ、わかってる」ジュリアン・ティフラーはなにかを決断したようだ。「もうここに用はない」ティフラーはいった。「きみさえよければ、すぐにアイレイへ向かうとしよう」

アノリーの表情やしぐさにくわしくない者でも、ティフラーの提案にデグルウムが安堵したのが明らかだった。デグルウムはたった一音節の命令を発した。あまりに短くて、トランスレーターが翻訳しなかったほどだ。目視はできないが近くにあったサーボがその命令を受容し、船載コンピュータに伝えたようだ。数秒後、巨大な空間に浮かぶ球体の映像をおおっていた乳白色が漆黒に場所を譲った。このプロセスはすでに何度か経験した。すぐにまた白があらわれ、そしてまばらに星々がきらめく宇宙空間の背景で置き換わった。

「わたしどもがもちいたスターロードは〝アグイリ〟というゲートが終着点となります」デグルウムが説明した。「つまり、ゴランダアルにもどってきました」

「アイレイをめざして」ジュリアン・ティフラーがつけくわえた。

「そのとおりです」

「アイレイとはなんのことだ？」

答えたときのデグルウムの声には、奇妙な響きがふくまれていた。震えていたのかもしれない。トランスレーターはそのニュアンスをひろわなかったが、そのようすから、デグルウムが深く感動しているのがわかった。

「アイレイはわれらが種族の故郷惑星です。われわれの祖先は、想像もできないほどの昔に、アイレイからネイスクール銀河へ移住したのです」

＊

そのちいさな赤い星がどれだけの期間にわたって熱核燃焼をつづけてきたのかは、天空のみぞ知る。しかし、いま、その星は命を育《はぐく》む恒星としての生涯を閉じようとしていた。その星がはなつ光は、深く暗い赤で、表面温度は二千八百度。《ヤルカンドゥ》の計測機器はそう評価した。その瞬間は近かった。まもなく最後の炎が立ちのぼり、のこりの融解可能物質をまき散らすだろう。そして最後には崩壊する。のこるのはとても高密度な生暖かい褐色矮星《わいせい》だ。みずから輝くことはなく、これまで光と熱を授かってきた惑星にとっては、なんの役にもたたない。だがそのかわりに、宇宙が存在するかぎり、ずっと生きつづけるのだ。

アギーレ・ブラックホールを通る旅はいつものように、時間の損失なしに終了した。ブラックホールの通過後、メタグラヴに似た仕組みのエンジンを積んだ《ヤルカンドゥ》は数分後にはハイパー空間を出てちいさな赤い星の近くに到達していた。デグルゥムはその死にゆく恒星を〝ガメシュ〟と呼んだ。ガメシュには惑星が五つあった。アノリーの故郷であるアイレイは第二惑星だ。

デグルウムは船を赤道上の同期軌道にのせた。ジュリアン・ティフラーはすでに仲間たちに到着を伝えていた。一行はデグルウムとともに搭載艇に乗りこみ、惑星表面へと向かった。

そこは殺風景《さっぷうけい》な寒々しい世界だった。スクリーンには荒野がひろがり、何本かの川がくねくねと曲線を描いている。川のいきつく先にはちいさな海があり、大小たくさんの島が浮かんでいた。山と呼べるものはなく、何百万、何千万年もの浸食作用によって削りとられた丘や高みがちらほらとあるぐらいだ。それらのほとんどは、頂上まで黄褐色の草でおおわれている。接近飛行時に南極と北極の両方が、かなりひろい範囲にわたって氷でおおわれているのが見えた。ジュリアン・ティフラーの目測では、赤道に対して六十度の位置まで氷の世界だった。

搭載艇はひろい水面上に出た。海はグレイで、波はほとんどない。搭載艇の真下にはたくさんの流氷が浮かんでいた。険しい崖が水面から突き出ていることから、海は深くないと予想できる。ガメシュが燃えつきるころには、この惑星全体が凍りついてしまうのだろう。場合によっては、大気が流体のあるいは固形のガスとなって、地表に降り注《そそ》ぐことがあるかもしれない。おそらく、それまでもうあまり多くの時間はのこされていないだろう。数千年、長くても一万年ほどだと考えられる。

「赤道上に、われわれの種族にとってとくに重要な島があります」デグルウムが説明した。その声が、そこにいたほかの全員を驚かせた。というのも、そこまでデグルウムはひとことも発せず、惑星表面の映像がしめすあまりの寒々しさに、だれもが言葉を失っていたからだ。「伝説によると、大移動のさい、最後の宇宙船がその島から出発したのです。そのため、アノリーの偉大な業績を記念して、島に記念碑が建てられました」

　数分後、その島が見えてきた。搭載艇はそれまで高度千メートルをたもっていたが、ゆっくりと島へ向かって下降をはじめた。島はほかの地表でも見られた草でおおわれていた。一個所だけ高みがあったが、こちらの海岸から向こうの海岸まで、とても荒涼として単調な陸地がつづいている。デグルウムから、アノリー族がみずからの偉大さを祝う記念碑を建てたと聞いたとき、ティフラーらは何千、何万年もの期間、アノリーの偉大さを証明しつづける巨像が、寒々しい空に向けてそびえ立っていると想像した。

　しかし、そのようなものはどこにも見あたらない。かわりに、搭載艇が着陸した地点から、とてもちいさな、人間の身長にも満たない高さのピラミッドが見えた。黄褐色の草の単調さを打ち破るかのように、欠けることなく完全なかたちで立っている。デグルウムはなにもいわずにエアロックを開け、ティフラーらに降りるよううながした。全員、汎用コンビネーションという軽装だ。そのため、気候の影響からは完全には保護されていなかった。空気は氷のように冷たかった。すこし風が吹くと、気温がさらに低く感じられた。西の水平線、てのひらの幅ほどの高さから、恒星ガメシュが弱々しく見つめていた。夜になれば、凍《い》てつく寒さがあたりを支配するだろう。

　デグルウムは一行をちいさなピラミッドへといざなった。足の下で、踏まれた草がざくざくと音を立てた。ピラミッドは光沢のあるチャコール色の素材でできていて、四つの面には見たことのないシンボルが刻みこまれている。それらは飾りではなく、文字だと考えられた。

「これがわが種族の記念碑」デグルウムがいった。「起源の惑星にのこされた最後の遺産です」

ジュリアン・ティフラーはいまこそすべての真実を知るときだと感じた。これ以上の嘘やごまかしはごめんだった。腹を割って話すときがきた。

「きみたちの種族は、なぜこの惑星を去ったのだ？」ティフラーは問いかけた。

デグルウムは手で島とその先の海をしめした。

「わかりませんか？　恒星は衰え、起源の惑星は死につつあります。ここで生きながらえることができるでしょうか？」

「だが、きみたちこそがブラック・スターロードのネットワークを構築した種族なのだろう？」

デグルウムは突然目を大きく見開いた。驚きと不安に満ちた目でテラナーをじっと見つめる。

「ええ、ご存じのように。いったい、なにがいいたいのですか？」

「きみたちは奇蹟をつくりだした。自然の力をうまく引きだし、ブラック・スターゲートのエネルギーを利用した。どこへでもつながるスターロードをつくって、宇宙の反対側へさえいけるようになった。それなのに、恒星の崩壊をとめることができなかったのか？　ガメシュが熱をとどけなくなったからという理由だけで、この世界を捨てたのか？　つじつまが合わないのでは？」

「わたしにはわかりません」デグルウムがあわてたようすで答えた。その声は震えていた。見るからに追い詰められている。「くわしいことは……もうだれにもわかりません。かなりの時間がたちましたから……」

ジュリアン・ティフラーはピラミッドに近づき、軽く蹴った。デグルウムはたじろいだ。かれには、テラナーのやったことが侮辱に見えたのだろうか？

「ここに刻まれた言葉がヒントになるかもしれない」ティフラーがいった。「わたしの知らない言葉で書かれている。読んでくれ」

デグルウムはかたまった。目を大きく開き、まばたきもせずに記念碑を見つめる。

「わたしには……この碑文が読めません」あえぐようにネイスカムでいった。「この文字はもはや使われていないのです。わたしはエモーショアナリストであって、考古学者ではありません。わたしにこれを読めといわれても……」

「そろそろ真実を話したらどうだ！」ジュリアン・ティフラーがデグルウムに大声で迫った。

ティフラーよりも頭ひとつ大きいデグルウムがその語気に驚いて身をすくめた。そのおびえようは哀れなほどだった。その瞬間、デグルウムはそれまで嘘をついてきたことがばれたのを悟った。それでもなお、なんとか言い逃れようと試みる。

「わたしにはなんのことだかわかりません」絞りだすようにいった。「真実とは、なんのことでしょう？」

「ブラック・スターロードを構築したのはアノリーではないという真実だ」ジュリアン・ティフラーが答えた。

5

デグルウムは予想外の反応をしめした。みんなの見ている前でいまにも卒倒しそうになり、からだをぐらつかせたかと思えば、まるで人間のように両手で顔をおおった。そして振り返り、搭載艇のほうへ歩きはじめる。接近を察知してハッチが開いた。

「かれが乗っていったら、わたしたちはとりのこされてしまいますよ」ボルダー・ダーンが腕をさすりながらいった。寒いのだ。

ジュリアン・ティフラーは手で制した。

「ほうっておけ。デグルウムがなにをしようとしているのか、わかるような気がする」

デグルウムは搭載艇のなかへ消えていった。緊張の一分が過ぎた。エンジンが起動したなら、その音が聞こえてくるはずだ。だが搭載艇はぴくりとも動かず、静寂がつづいた。しばらくすると、デグルウムがもどってきた。

おちつきをとりもどしたようだ。ティフラーの言葉が生みだした動揺は消えていた。

「お話ししましょう」真剣な表情でデグルウムがいった。「ガヴヴァルとシルバアトもこちらに向かっています」

数分後、青い空に赤っぽく輝く点があらわれ、急降下してきた。《ヤルカンドゥ》からやってきたもう一隻の搭載艇だ。まだ完全に着地していないのに、ハッチが開いた。着陸するやいなや、ガヴヴァルとシルバアトが出てきた。ガヴヴァルはいつものようにしずかでひかえめだったが、シルバアトは明らかに興奮していた。いつもは感情の乏しいちいさな目に、怒りの炎が燃えていた。

「どうやら、われわれは嘘つきだと思われているようですね」シルバアトはいいはなった。そしてテラナーとブルー族を順番に見つめた。「これまで温かくもてなしてきたというのに、いまになってこんな……」

「くだらない話はもういい！」ジュリアン・ティフラーがどなりつけた。「この宙域でわれわれが不幸な偶然に見舞われて以来、きみたちはわれわれのあとをつけ、ようすを探っていた。そしてわれわれがきみたちの存在に気づきそうになってはじめて、姿をあらわした。マレーシュのことを思いだしてみろ！　きみたちがわれわれに向けて発砲したのではなかったか？　われわれを手に入れるためなら、ジオン・シャウブ・アインの小屋もためらうことなく燃やしたのではないか？　それをきみは〝温かいもてなし〟と呼ぶのか？」

シルバアトは茫然と立ちすくんだ。そして分厚い唇を、まるでキスでもするかのようにすぼめた。そしてこう絞りだした。

「われわれにははたすべき任務が……」

「ああ、わかっている。どんな手段を使ってでも、アノリーという種族がブラック・スターロードをつくったのではないという事実をかくしつづけるのがきみたちの任務だ」

三名のアノリーの反応は興味深かった。ひろい額の下のせまい部分に集中した顔は、それぞれ異なる程度の動揺をしめしていた。眉は痙攣《けいれん》し、鼻もヒクヒクと震えていた。ただでさえちいさな口が、いつにも増してぎゅっと閉じられている。

そうやって一分が過ぎた。ようやく、シルバアトが不安そうにたずねた。

「なぜそのようなばかげた主張を？」

「ばかげてはいない」ジュリアン・ティフラーがおちついた声でいった。怒りはすでに過ぎていた。見るからにおどおどした三名のちいさな顔を見ていると、だれも本気で怒ることなどできない。「きみたちはミスをおかした。われわれにブラック・スターゲートの仕組みを説明しようとしたさいに、自分たちの無知をさらけだしたのだ。きみたちは事象の地平線を超えるハイパー通信をしたと話したが、それは不可能だ。制御ステーションは永遠を見越してつくられたので、メンテナンスは不要だともいった。デグルウムはカメラで《ヤルカンドゥ》の姿をとらえるまでに二分を必要とした。カンタロが二百隻もの船を引き連れて行なった移動のプロセスを理解していない。デグルウムはモイシュ・ステーションを見たことがない。われわれがやってきた場所にもブラック・スターロードが存在するということを、頑として認めようとせず、きみたちがおそらくだれかから譲り受けたのであろうスターロード・ネットワークのマップだけを信じている。つまりかんたんにいえば、きみたちはあらゆる面で無知なのだ。きみたちの種族が本当にブラック・スターロードをつくったのなら、そこまで無知なはずがない」

デグルウムとガヴヴァルとシルバアトは、青白い目で悲しそうにたがいを見つめた。そのようすは哀れにさえ思えた。ようやくデグルウムが切りだした。

「お話しする必要があります」真剣な顔でいった。「ここは寒いので、船にもどりましょう」

「わかった」ジュリアン・ティフラーが答えた。「だがその前に、もうひとつ教えてもらいたいことがある」そういって、光沢のあるピラミッドを指した。「この記念碑はなんのためにある？　なぜ、きみたちにも読めないのだ？」

デグルウムは答えをためらった。しばらく、じっと虚空を見つめたのち、苦しそうに口を開いた。

「あなたがたの好奇心は残酷なほど強いのですね。数週間もあれば、あなたがたはアノリーという誇り高き種族を破滅させるでしょう」

「脆弱な基盤の上に築かれた誇りだがな」ジュリアン・ティフラーが指摘した。意図してきびしい言葉を使ったのは、せっかく壁に開けた風穴を、また閉じられたくなかったからだ。「これ以上ごまかそうとしてもむだだ。これはなんの記念碑なのだ？　なにが書かれている？」

「アノリーが遺産を受け継いだことをしめす記念碑です」デグルウムが小声でいった。

ジュリアン・ティフラーはアノリーたちが予想した質問はせず、かわりにこう問いただした。

「この文字だ！　なにを意味している？　これは何語だ？」

「そこには、アノリーが遺産を誠実に守ると書かれています。それがアノリーにとっては絶対の掟ですので、そう書かれているのだということは、われわれのだれもが知っています。ですが、ここの単語を読むことはできません。われわれにとっても、未知の言葉の、未知の文字で記されていますから」

「きみたちに遺産を託した者たちの言葉と文字、ということか？」ジュリアン・ティフラーがたずねた。

「そうです」

「それはだれだ？」

「知りません。その者たちに関する記憶は失われました。はるか昔に……」

「だが、名前ぐらいは伝わっているのでは？」ティフラーがさえぎった。

「ええ」

「で、その名は?」

「われわれは〝ロードの支配者〟と呼んでいます」

＊

いちばんの問題は、時期について信頼できる情報がなかったことだ。それ以外の点については、伝説として飾り立てられている部分があるとしても、比較的わかりやすかった。遠い遠い過去、星間移動をする能力を身につけ、種族として大きく躍進したアノリーは、自分たちよりもはるかに古い種族と接触した。これがのちに、アノリーの運命を左右することになる。その古い種族の本当の名を知る者はもはや存在しない。いまのアノリーたちは〝ドゥル・アイ・ラージムスカン〟あるいは〝マクラバン〟と呼ぶ。トランスレーターは〝ドゥル・アイ・ラージムスカン〟を〝ロードの支配者〟、〝マクラバン〟を〝古《いにしえ》の君主〟もしくは〝古代種族〟と訳した。

ブラック・スターロードの真の創造主がマクラバンであることは疑いの余地がない。そしてかれらはアノリーにスターロード・ネットワークを託し、ブラック・スターゲートの仕組みを教えた。伝承によると、マクラバンは〝宇宙の退屈な日常〟をはなれて、自分の心に向き合うことに決めたそうだ……(ここにきて、テラナーたちは既存の知識との類似性に驚かざるをえなかった。〝それ〟、クエリオン、ポルレイター！　マクラバンも同じような道をたどったのだろうか？）……そしてアノリーに遺産としてブラック・スターロードを譲りわたし、かれらにスターロードとゲートの維持を義務づける契約を結んだのである。

そしてマクラバンは、伝説を信じるなら、一夜にしていなくなった。本当に宇宙の日常に背を向けたのである。ブラック・スターロードのネットワークを受け継いだアノリーは、力のかぎりその機構の保守につとめた。そこにくわえて、大きな問題が生じた。故郷の恒星が冷却し、居住惑星の生活環境が悪化しはじめたのだ。そのころすでに、近傍のネイスクール大銀河の調査は進んでいた。ネイスクールにたくさんの高度な種族が生きていることも知っていた。そして、自分たちが移住するのに適した惑星を見つけ、そこを〝ジャウックロン〟と名づけた。かれらの言葉で〝第二の故郷〟という意味だ。数十年のときをかけて、種族の全員がジャウックロンへ移住した。アイレイは完全に見捨てられた。

アイレイにはかつて高度に発展していた文明の痕跡がまったくのこっていないことから、移住からかなりの時間が過ぎていると察することができる。アイレイには建物の痕跡がただのひとつものこっていない。あるのは、マクラバンがアノリーたちにブラック・スターロードの保守を義務づける契約文を刻みこんだピラミッドだけだ。かつての文明の痕跡が皆無《かいむ》であることから、アイレイでは大規模な地殻変動が起こり、大陸の姿がアノリーの暮らしていたころとは大きく様変わりしたと想像できる。ただし、大陸は生物とはまったく異なる時間軸で活動する。ジュリアン・ティフラーの推測では、アノリーがこの惑星を去ってから、すでに数十万年から数百万年が過ぎていると考えられた。

この点は考えてみる価値がある。ブラック・スターロードを築いた種族と名乗りでたアノリーが、技術力という点では局部銀河群の種族と大差ないことに、ジュリアン・ティフラーは以前から気づいていた。だが、アノリーほど古くから存在する文明は、大惨事などに見舞われることがないかぎり、はるかに高い技術力を有しているはずだ。

つまり、アノリーはその文明の発展において、なんらかの挫折を味わったにちがいない。ブラック・スターロードの知識はのこったが、それ以外の点で知識が大量に失われたはずだ。はじめのうちは高い文明度と技術力を誇っていたため、アノリーたちは、アイスクロウ、ヴァアスレ人、クテネクサー人、ギムトラを使役《しえき》し、スターロードの複雑な運営の一部を委託することには成功した。だが、〝ロードの支配者〟であるマクラバンの記憶のほとんどは失われた。いまでは、遺産を受け継いだ相手について、アノリーはなにも知らない。それでも遺産はそこにあるので、かれらはわずかな時間で遠くの宙域にまで旅することはできるのである。

ただし、過去数千年間、あまり有効に活用してこなかったようだ。

これもまた、アノリーの文明が順調に発展したのではなく、低迷や退行を経験した証拠だろう。そして種族の内部で分裂が生じた。カンタロがアノリーと袂《たもと》をわかち、支族として独立した。アイレイ住民の子孫にはひとつの願いが受け継がれた。マクラバンにまた会いたいという願いだ。〝ロードの支配者〟の記憶を失ったアノリーには、歴史に痛々しい隙間が生じた。ガヴヴァルとシルバアトとデグルウムが数千年もの期間にわたって《ヤルカンドゥ》の船載コンピュータの力を借りて記録した報告から解釈するに、かれらアノリーにあたえられたもっとも重要な、いや、むしろもっとも神聖な任務は、マクラバンを見つけだすことだった。記憶にさえないほどの昔にかれらがどこに消えたのかをしめすヒントはひとつもなかった。ただし、マクラバンはひときわ大きなブラックホールの事象の地平線下にかくれた可能性はきわめて高いと考えられた。そうこうするうちに、ここ数百年を通じて、アノリーに強い強迫観念のようなものが生じていた。ブラック・スターロードはマクラバンの居所を探す目的以外で使用してはならない、という考えだ。

ただし、デグルウムがみずから認めたように、例外はあった。ときには、〝ロードの支配者〟を探す目的以外で旅をする必要も生じた。今回の《ヤルカンドゥ》の旅もそうだ。

「ですが、わたしたちの任務は、あくまでも〝ドゥル・アイ・ラージムスカン〟を見つけだすことなのです」シルバアトがデグルウムのかわりにつけ足した。「そのうちきっと、この任務を達成してみせます」

《ヤルカンドゥ》はいまだにアイレイの軌道を周回していた。アノリーたちの報告は、いや、むしろ告白は、数時間つづいた。ティフラー一行は感銘を受けた。アノリーたちは本当につらそうに告白したが、これではっきりした。アノリーがブラック・スターロードを構築したのではない！

「カンタロたちはなにかを知っていたのだろうか？」シルバアトが最後の言葉を終えてから一分が過ぎたころにジュリアン・ティフラーがつぶやいた。

それを聞いてデグルウムが反応した。

「なにを知っていたというのですか？」あわてて問い返した。

「きみたちの種族はマクラバンを探すことを使命とした」ティフラーが答えた。「シルバアトがそういった。ならば、まだきみたちと同じ惑星にいたころのカンタロがターミナル・ホープの入植者たちから、〝ロードの支配者〟の居所のヒントを得たとは考えられないだろうか？」

アノリーたちは動揺した。

「本当にそんなことが？」シルバアトが口を開いた。

「ありえるだろう」ティフラーが真剣なまなざしで答えた。「だからこそ、われわれといっしょにモイシュ・スターゲートを通って局部銀河群へたどり着くよう試みるのは、きみたちにとっても有意義なはずだ」

「ですが、モイシュは〝スヴェルダイスタ〟です！」デグルウムが声を張りあげて抗議した。

ジュリアン・ティフラーはしずかにうなずいた。

「ブラック・スターロードに関して、きみたちの知識には偏りがあると、すでに指摘したはずだぞ」

＊

ニア・セレグリスとジュリアン・ティフラーは、しばらくふたりきりにしてくれと仲間にたのんだ。両者にはすこし時間が必要だった。《ヤルカンドゥ》はネイスクールへ向かっていた。めざすはマウルーダ星系。デグルウムとガヴヴァルとシルバアトはまだ心を決めかねていた。しかし、ジュリアン・ティフラーは、アノリーたちはモイシュ・ブラックホールの通過を試みるだろうと確信していた。

自動調理機がつくったそこそこおいしい料理を、ふたりはよろこびをもってたいらげた。最後にものを食べてから、もうずいぶん時間が過ぎていた。

「知的な種族をあんなふうにだまし討ちにするのはよくないわ」ニアがさりげなくいっ

た。その口調から、彼女の批判が真剣ではないことがわかった。

ジュリアンは、ニアがなにをいいたいのか、すぐにわかった。

「第一に、ああでもしないとアノリーたちを説得できなかった。第二に、わたしは自分の推測が正しいと、ほぼ確信している」

「マクラバンを見つけるために、カンタロたちがイル・シラグサのたどった道を逆もどりした、ということ？」

「ああ」

「なぜそう思うの？」

「考えてみてくれ」そういって、パンの最後のひときれを口にほうりこんだ。「何百年にもわたって、アノリーたちは〝ロードの支配者〟を探している。だが、これまでヒントのひとつも見つかっていない。かれらは、マクラバンがブラックホールの内部にうつり住んだと考えている。スターロード・マップには、スターロードでたどり着けるすべてのブラックホールが記されている。ところが突然だれかが、この場合はイル・シラグサがあらわれて、マップに記されていないスターゲートが存在すると主張したんだ。それまでずっと、マクラバンは見つからなかったんだぞ。マップに記されていないブラックホールにかくれているのかもしれない、と考えるのが当然じゃないか？」

ニアは目を輝かせてうなずいた。

「ええ、ずっと知っていたけど、やっぱりあなたは天才ね」

「お世辞でもうれしいよ」

「きっとあなたのいうとおりよ。銀河系へ向かうなら、アノリーたちをどうするつもり？」

「カンタロを探すのを手伝ってもらう」ティフラーは真顔でいった。「あくまでも、シラグサ・ブラックホールを抜けて銀河系に進入するのがわれわれの遠征の目的だ。デグルウムとガヴヴァルとシルバアトには、われわれが目的地にたどり着けるように、シラグサ・ステーションをプログラミングしてもらう」

「かれらにできるの？　かれらがブラック・スターゲートのあつかいについてあまり多くを知らないことを証明したのは、あなた自身よ」

「だが、われわれよりはくわしい。それに、われわれとてばかじゃない。アノリーたちとわれわれが協力すれば、きっと解決策が見つかるさ」

ニアがティフラーを見つめた。その視線には説明しがたい感情が入り交じっていた。

「でも、それまでまだ時間があるわ」甘い声でいう。

「ああ、たぶん……」

「なら、もうすこしだけ……」

最後までいう前に、インターカムが起動した。スクリーンにデグルウムの顔がうつしだされた。

「おくつろぎのところ申しわけありません」と、いってつづけた。「あなたがたの申し出に対する決断がくだりました。そのお話がしたいのですが」

「わかった、そっちへ向かう」ジュリアンが応じた。

映像は消え、通信は途絶えた。

「もう、いいところだったのに」ニアは不満そうだ。

ジュリアンはすでに立ちあがっていた。

「しょうがないさ」その目にはやさしさが浮かんでいた。「われわれには私生活なんてないんだ。なにしろ、テラの親善大使だからな」

＊

大展望室は明るく照らされていた。ジュリアン・ティフラーとニア・セレグリスが実体化したとき、ガラスのプラットフォームで待っていたのはデグルウムだけだった。

「マウルーダ星系に接近しています」デグルウムが説明した。「これまでに得た情報によると、三隻の宇宙船が待機しているようです」

「《バルバロッサ》だ！」ティフラーが叫んだ。「《バルバロッサ》がもどってきたんだ！」

「そのようです」デグルウムが応じた。「《バルバロッサ》にはある船が同行していました。《バルバロッサ》は道中で《ラウッサイイ》というアノリーの船に出会いました。マウルーダへもどるよう、《ラウッサイイ》の乗組員があなたがたの船の船長を説得したのです」そして突然話題を変えた。「あなたの提案を受け入れることにしました」

「モイシュの話か？」ティフラーが確認した。

「ええ、モイシュのことです。《ヤルカンドゥ》であなたがたに同行します。あなたがたがやってきたと主張するモイシュ・ステーションに針路をプログラミングして……」

「主張じゃない」ジュリアン・ティフラーが言葉をさえぎった。「本当にそこからきたんだ」

「そういうことにしておきましょう」デグルウムがいった。「あなたとあなたのクルーが故郷へもどれるように、全力で協力しましょう。この点については、感謝していただきたいものです」

「感謝している」ティフラーが答えた。「だが、教えてくれ。なぜそう決断したんだ？」

「ある程度ですが、あなたの推測が正しい可能性があるからです。〝カンタルイ〟は実際に〝ドゥル・アイ・ラージムスカン〟を見つけたと信じたのかもしれません。その可能性を無視するわけにはいきません」

ジュリアン・ティフラーは真剣な表情を浮かべた。

「ひとつ確認させてくれ」ティフラーはいった。「もし、われわれがモイシュのスターゲートを抜けて銀河系へもどることができたのなら、カンタロが引き起こしている問題を解決するさい、きみたちのサポートに期待をしてもいいのだな。カンタロは銀河系で圧制を敷いている。かれらには、支配権を手ばなしてもらわなければならない」

デグルウムは、すぐには答えなかった。これまでの経験から察するに、その視線は優柔不断のあらわれだと思えた。

「友よ、前にもいいましたが、わたしにはそれが信じられないのです。いまだに信じられない」しばらくしてから、そう答えた。「あなたがたの言葉でいうところのカンタロは、われらが種族の一部なのです。わたしの種族はもとからおとなしく、ほかの種族を抑圧するようなことはけっしてありません。ひとつの銀河全体を制圧する手段ももたないはずで……」

いいかけた言葉をどう終えるべきか、悩んでいるようだ。

「だが……？」ジュリアン・ティフラーが助け船を出した。

「ですが、あなたからはすでにたくさんの信じがたい話を聞きましたが、それらもよく考えてみれば、不可能ではない話ばかりでした。ですから、カンタロについても、あなたの話が本当である可能性を捨てるわけにはいきません」

「その話とは……?」

「〝カンタルイ〟がひとつの銀河全体を独裁できる状況におちいったという話です」

そこまで聞いて、ジュリアン・ティフラーの顔に狡猾《こうかつ》な笑みがひろがった。

「友デグルウムよ、きみは、もともとは同じ種族だった者どもに対してありとあらゆる言いわけを思いつくことだろう。しかし、われわれが手に入れた情報のすべてが、カンタロが銀河系を抑圧し、数え切れないほど多くの知的生命体に想像を絶する苦しみをもたらしていることをしめしている。それこそが、今後われわれが立ち向かわなければならない問題なのだ」

デグルウムはかたまった。

「きみはまた」ティフラーがつづけた。「わたしの言葉が信じられないといいたいのだろう」手でさえぎるようなしぐさをする。「わかった、もういい。状況がわたしのいったとおりであることを、そのうちきみに見せてやる」そして話題を変えた。「モイシュに向かうという決断には、きみとシルバアトとガヴヴァルの全員が納得しているのだな?」

「ええ、そのとおりです」アノリーが答えた。

「シルバアトとガヴヴァルはどこにいる? いつものように、研究でいそがしいのか?」

「そう思います」デグルウムは自信がなさそうだった。「なぜそのような質問を？」

「わたしはもはやトランスレーターが信用できない」ティフラーが答えた。「とくにこの〝研究〟という言葉が正しく翻訳されていないようだ。教えてくれ。きみがわれわれといっしょにすごした日の翌日は、シルバアトがわれわれの相手をする。だが、ガヴヴァルに会ったことはほとんどない。ガヴヴァルといっしょにいるときのきみたちはいったいなにを研究しているんだ？」

デグルウムは完全に混乱した。

「あなたがたの種族は……われわれの種族とても似ていますが……習慣はまったく違うのです」たどたどしい口調で答えた。「ですが、おそらくあなたがたの種族にも、妊娠期と不妊期があって……」

ジュリアン・ティフラーが大声で笑いはじめたので、デグルウムは言葉をのんだ。そのような自己表現を、デグルウムは知らない。笑うようなことはなにもいわなかった。ティフラーがおちつくまで、じっと待った。

「ガヴヴァルは女性なのか？」ティフラーがたずねた。

「もちろんですとも」デグルウムが真剣に答えた。「知らなかったのですか？」

「知らなかったわ」ニアも笑いをこらえるのに必死だ。「これでようやく、多くを理解できたわ。あなたたちはアノリーの民間学者。研究という崇高な役目を負っていて、それぞれにそれぞれの専門分野がある。それにくわえて、男性二名と女性一名。排卵期がきたら種の保存に貢献しようとがんばっているのね」

「そういうことです」驚いた表情のまま、デグルウムが答えた。「ですが、それのなにがおかしいのか……」

ジュリアン・ティフラーとニア・セレグリスは立ちあがった。

「笑ってすまなかった」ティフラーが謝った。「情報不足のせいで勘違いをしていたようだ。こうやって溝が埋まり、たがいのことがよりよく理解できるようになって、うれしいよ。きみたちがわれわれにきょう話してくれた、アノリーの歴史がいい例だ。最初は伝説だったが、いまは真実がある。それが、われわれの関係のあるべき姿だ」

「重い言葉です」デグルウムがいったが、テラナーの笑った理由はいまだによくわかっていないようだ。「あなたがたとわれわれのあいだに、友情が育まれますように」

「わたしもそう望んでいる」ティフラーが真顔になっていった。

しばらくして、ジュリアンとニアは自室にもどった。ティフラーはインターカムを起動し、ほかのメンバーと接続した。

「現在、マウルーダ星系へ向かっている」ティフラーはいった。「《バルバロッサ》はもどってきた。アノリーたちはモイシュへ同行することが決まった。われわれがシラグサ・ブラックホールへもどれるよう、モイシュ・ステーションのプログラミングを試みてくれるそうだ。デグルウムに、カンタロがもたらしている脅威についても話した。デグルウムはその話をいまだ完全には信じていないが、それでも真剣に検討すると約束した」

「よし！」ボルダー・ダーンが叫んだ。「これは祝わなきゃ！」

「ああ、きみたちだけで祝ってくれ」ジュリアン・ティフラーがいった。

「われわれがそっちへいきますよ！」

ジュリアンがうしろを振り返り、ニアを見つめた。ニアはほほえみ、首を横に振った。

ジュリアンは真剣な表情でインターカムに向きなおった。

「残念だが、それはだめだ」という。「われわれふたりは、研究でいそがしいからな」

アイザック・アシモフ

われはロボット〔決定版〕
小尾芙佐訳

陽電子頭脳ロボット開発史を〈ロボット工学三原則〉を使ってさまざまに描きだす名作。

ロボットの時代〔決定版〕
小尾芙佐訳

ロボット心理学者のキャルヴィンを描く短篇などを収録する『われはロボット』姉妹篇。

〈銀河帝国興亡史1〉
ファウンデーション
岡部宏之訳

第一銀河帝国の滅亡を予測した天才数学者セルダンが企てた壮大な計画の秘密とは……？

〈銀河帝国興亡史2〉
ファウンデーション対帝国
岡部宏之訳

設立後二百年、諸惑星を併合しつつ版図を拡大していくファウンデーションを襲う危機。

〈銀河帝国興亡史3〉
第二ファウンデーション
岡部宏之訳

第一ファウンデーションを撃破した恐るべき敵、超能力者のミュールの次なる目標とは？

ハヤカワ文庫

ロバート・A・ハインライン

夏への扉〔新版〕
福島正実訳
ぼくの飼っている猫のピートは、冬になるとまって夏への扉を探しはじめる。永遠の名作

〈ヒューゴー賞受賞〉
宇宙の戦士〔新訳版〕
内田昌之訳
勝利か降伏か――地球の運命はひとえに機動歩兵の活躍にかかっていた！　巨匠の問題作

〈ヒューゴー賞受賞〉
月は無慈悲な夜の女王
矢野徹訳
圧政に苦しむ月世界植民地は、地球政府に対し独立を宣言した！　著者渾身の傑作巨篇

人形つかい
福島正実訳
人間を思いのままに操る、恐るべき異星からの侵略者と戦う捜査官の活躍を描く冒険ＳＦ

輪廻の蛇
矢野徹・他訳
究極のタイム・パラドックスをあつかった驚愕の表題作など六つの中短篇を収録した傑作集

レイ・ブラッドベリ

火星年代記〔新版〕

小笠原豊樹訳

火星に進出する人類、そして消えゆく火星人――その姿と文明を描く、壮大なSF叙事詩

太陽の黄金《きん》の林檎〔新装版〕

小笠原豊樹訳

地球救出のため、宇宙船は、全てを焦がす太陽の果実を求める旅に出た……22の傑作童話

瞬《まばた》きよりも速く〔新装版〕

伊藤典夫・村上博基・風間賢二訳

奇妙な出来事をシニカルに描いた表題作など21篇を収録した幻想の魔術師が贈る傑作集。

十月の旅人

伊藤典夫訳

ブラッドベリの初期作品群から甘美で詩情漂う10の佳篇を精選した日本オリジナル短篇集

黒いカーニバル〔新装版〕

伊藤典夫訳

深夜のカーニバルでのできごとを描く「黒い観覧車」ほかを収録した珠玉の短篇集新装版

ハヤカワ文庫

アーシュラ・K・ル・グィン&ジェイムズ・ティプトリー・ジュニア

〈ヒューゴー賞／ネビュラ賞受賞〉
闇の左手
アーシュラ・K・ル・グィン／小尾芙佐訳

両性具有人の惑星、雪と氷に閉ざされたゲセン。そこで待ち受けていた奇怪な陰謀とは？

〈ヒューゴー賞／ネビュラ賞受賞〉
所有せざる人々
アーシュラ・K・ル・グィン／佐藤高子訳

恒星タウ・セティをめぐる二重惑星——荒涼たるアナレスと豊かなウラスを描く傑作長篇

〈ヒューゴー賞／ネビュラ賞受賞〉
風の十二方位
アーシュラ・K・ル・グィン／小尾芙佐・他訳

名作「オメラスから歩み去る人々」、『闇の左手』の姉妹中篇「冬の王」など、17篇を収録

〈ヒューゴー賞／ネビュラ賞受賞〉
愛はさだめ、さだめは死
ジェイムズ・ティプトリー・ジュニア／伊藤典夫・浅倉久志訳

コンピュータに接続された女の悲劇を描いた「接続された女」などを収録した傑作短篇集

たったひとつの冴えたやりかた
ジェイムズ・ティプトリー・ジュニア／浅倉久志訳

少女コーティーの愛と勇気と友情を描く感動篇ほか、壮大な宇宙に展開するドラマ全三篇

グレッグ・イーガン

〈ヒューゴー賞／ローカス賞受賞〉
祈りの海
山岸 真編・訳

仮想環境における意識から、異様な未来までヴァラエティにとむ十一篇を収録した傑作集

〈ローカス賞受賞〉
しあわせの理由
山岸 真編・訳

人工的に感情を操作する意味を問う表題作のほか、現代ＳＦの最先端をいく傑作九篇収録

ディアスポラ
山岸 真訳

遠未来、ソフトウェア化された人類は、銀河の危機にさいして壮大な計画をもくろむが⁉

ひとりっ子
山岸 真編・訳

ナノテク、量子論など最先端の科学理論を用い、論理を極限まで突き詰めた作品群を収録

白熱光
山岸 真訳

人類の祖先と不可思議な世界に住む異星人たちの生態や文明を活写する究極のハードＳＦ

SF名作選

泰平ヨンの航星日記〔改訳版〕
スタニスワフ・レム／深見弾・大野典宏訳
東欧SFの巨星が語る、宇宙を旅する泰平ヨンが出会う奇想天外珍無類の出来事の数々！

泰平ヨンの未来学会議〔改訳版〕
スタニスワフ・レム／深見弾・大野典宏訳
未来学会議に出席した泰平ヨンは、奇妙な未来世界に紛れ込む。異色のユートピアSF！

ソラリス
スタニスワフ・レム／沼野充義訳
意思を持つ海「ソラリス」とのコンタクトは可能か？　知の巨人が世界に問いかけた名作

地球の長い午後
ブライアン・W・オールディス／伊藤典夫訳
遠い未来、人類は支配者たる植物のかげで生きのびていた……。圧倒的想像力広がる名作

〈人類補完機構〉
ノーストリリア
コードウェイナー・スミス／浅倉久志訳
地球を買った惑星ノーストリリア出身の少年が出会う真実の愛と波瀾万丈の冒険を描く

ハヤカワ文庫

ジョン・スコルジー

老人と宇宙《そら》
ジョン・スコルジー／内田昌之訳
妻を亡くし、人生の目的を失ったジョンは、宇宙軍に入隊し、熾烈な戦いに身を投じた！

遠すぎた星　老人と宇宙《そら》2
ジョン・スコルジー／内田昌之訳
勇猛果敢なことで知られるゴースト部隊の一員、ディラックの苛烈な戦いの日々とは……

最後の星戦　老人と宇宙《そら》3
ジョン・スコルジー／内田昌之訳
コロニー宇宙軍を退役したペリーは、愛するジェーンとともに新たな試練に立ち向かう！

ゾーイの物語　老人と宇宙《そら》4
ジョン・スコルジー／内田昌之訳
ジョンとジェーンの養女、ゾーイの目から見た異星人との壮絶な戦いを描いた戦争ＳＦ。

戦いの虚空　老人と宇宙《そら》5
ジョン・スコルジー／内田昌之訳
コロニー防衛軍のハリーが乗った秘密任務中の外交船に、謎の敵が攻撃を仕掛けてきた⁉

訳者略歴　1970年生，高知大学人文学部独文独語学科卒，フリードリヒ・シラー大学イエナ哲学部卒，翻訳家・日本語教師　訳書『永遠への飛行』ダールトン&マール，『ワールドスプリッター』フイスケス（以上早川書房刊）他多数

HM=Hayakawa Mystery
SF=Science Fiction
JA=Japanese Author
NV=Novel
NF=Nonfiction
FT=Fantasy

宇宙英雄ローダン・シリーズ〈722〉

《バルバロッサ》離《り》脱《だつ》！

〈SF2457〉

二〇二四年十月　十　日　印刷
二〇二四年十月十五日　発行

（定価はカバーに表示してあります）

著　者　アルント・エルマー　クルト・マール
訳　者　長《は》谷《せ》川《がわ》　圭《けい》
発行者　早川　浩
発行所　株式会社　早川書房
郵便番号　一〇一 - 〇〇四六
東京都千代田区神田多町二ノ二
電話　〇三 - 三二五二 - 三一一一
振替　〇〇一六〇 - 三 - 四七七九九
https://www.hayakawa-online.co.jp

乱丁・落丁本は小社制作部宛お送り下さい。
送料小社負担にてお取りかえいたします。

印刷・信毎書籍印刷株式会社　製本・株式会社明光社
Printed and bound in Japan
ISBN978-4-15-012457-1 C0197